百年中国

名人演讲

大事从小事做起

冯玉祥 著

写在前面

过去的一百年风起云涌，波澜壮阔；过去的一百年百花齐放，气象万千。百年动荡，百年征程，百年奋斗。在这一百多年里，来自四面八方的声音响彻历史的天空，我们静心梳理，摒除派别与门户之见，甄选有助于后人多方位展望来路的篇章，于是便有了这套"百年中国名人演讲"。

聆听这历史的声音，重温这声音的历史，对于我们认识中华民族一百年来的发展脉络，景仰浩瀚天河中耀眼的先哲星辰，增强继往开来的民族文化自信，都将大有裨益。

演讲者简介

冯玉祥（1882—1948），字焕章，原名基善，原籍安徽巢县（今安徽巢湖），生于直隶青县（今河北沧州沧县）。中国国民革命军陆军一级上将，西北军阀。蒋介石的结拜兄弟。1911年辛亥革命爆发后参加滦州起义。1917年张勋复辟时率部入京击溃张部。1921年7月后任第十一师师长、陕西督军。1924年发动北京政变，推翻直系军阀控制的北京政府，并将所部改称为国民军，任总司令兼第一军军长，电请孙中山北上主持大计。1926年在直奉联军进攻下通电辞职，9月17日在绥远五原誓师，任国民革命军联军司令，率部北伐。1930年3月与阎锡山组成讨蒋联军，任陆海空军副总司令。中原大战失败后隐居。1933年5月，在察哈尔组织民众抗日同盟军，任总司令。1935年任国民政府军事委员会副委员长。1948年1月1日，中国国民党革命委员会在香港成立，被选为中央执行委员会常务委员和中央政治部委员会主任。1948年9月1日自美归国途中因轮船失火遇难。

目录

参加国民革命，打倒帝国主义　1
如何训练军队　7
在郑州招集驻军对各级军官之训话　19
大事从小事做起　27
新军人与旧军人　31
在南口战役阵亡将士追悼会上的讲话　44
在南京对中央陆军学校及陆军军官团讲演　46
在中央党部国民政府欢迎席上之演说　51
怎样纪念"九一八"　56
国难与中学生　59

62 在金陵大学的演讲

66 在金陵女子大学的演讲

70 在步兵学校的演讲

74 高级军官的两个条件

77 如何建立我们的自信和互信

83 抗日救亡，匹夫有责

86 国难与地方行政官吏

89 国难与医药事业（节录）

93 对于两广事件的谈话

95 在国民党中央党部纪念周的演讲词

在中央军官学校特别训练班的演讲词　103
我对节约运动的一点见解　110
在美国来华传教士宴会上的演讲词　117
在中央政治学校地政学院纪念周的报告词　119
从奋斗中去求生路　123
在步兵学校的演讲词　129
在卫生署的演讲词　135
对无锡申新纱厂工人演讲词　138
对无锡各界演讲词　141
纪念察省抗战四周年　144

149 精诚团结，抗敌救国

153 步炮兵联合演习讲评

156 对中央军校武汉分校首都参观团的讲演

161 在中央国术馆体育专科学校毕业典礼上的讲话

164 在央广播无线电台的演讲词

171 对四川战地服务团的演讲词

175 在四川合江县城献金大会上的演讲

177 美国应立刻停止援蒋

183 纪念中华民国成立三十七周年演讲

附　录

敬告全国同胞及革命同志书　*188*

行政精神　*191*

答日本记者问　*198*

对西安事变谈话　*201*

对卢沟桥事变谈话　*203*

"九一八"第六周年纪念　*205*

参加国民革命,打倒帝国主义①

1926年9月

玉祥本是一个武人,半生戎马,未尝学问,唯不自量,力图救国;无奈才识短浅,对于革命的方法不得要领,所以飘然下野,去国远游。及至走到苏联,看见世界革命起了万丈的高潮。中国是世界的一部分,受国外帝国主义与国内军阀双重的压迫,革命运动早已勃兴,又受世界的影响,民族解放的要求愈加迫切。孙中山先生的三民主义,与所领导的国民革命,即由此而生。于是我明白了救国的要诀,已经有人开辟了道路,我们只是照着他的法子做,便有出路。中山先生说得好,易行知难。我既是知道了,自然是刻不容缓地马上干起来。又因最近中国的国民,从国民军退后,受压迫比前更厉害,我的热血沸腾起来,情不获已,遂赶紧回国,与诸同志上革命战线,共同奋斗。我这是没有办法而去,有了办法而来。走的时候,不是洁

---

① 本文是冯玉祥在五原誓师大会上发表的演讲。

然鸣高，来的时候，也不是什么东山再起。现当归国之始，有些必要的话，特掬诚以告国人。我生在工人的家庭中，父为瓦工，贫无立锥，完全是无产阶级的人。自幼失学，及长入伍当兵，逢着庚子年八国联军攻打中国，结下辛丑条约，我受了极强烈的刺激，愤政府失政，改革的思想于是萌芽。后来受了革命影响，也形成了推倒满清的志愿。辛亥武昌起义，我与张之江、李鸣钟、张树声、韩复榘诸同人，同王金铭、施从云、白亚雨诸烈士，举兵响应，而有滦州之役。不幸为王怀庆所欺，功败垂成，王、施、白及诸烈士即时遇害，我和张、李、韩，均被递解回籍，仅以身免。民国以后，我又出来治兵，苦力经营，以成陆军第十六混成旅。袁世凯叛国称帝，我在四川抗兵与蔡松坡联络，并助成四川独立。民（国）六（年）张勋复辟，我正去职养病西山，力疾到廊坊，先马厂誓师而起兵，进攻北京，击溃辫兵。民（国）七（年）南北军战于长岳，十六混成旅停兵武穴以牵制南下之师。民国十三年，曹锟贿选窃位，吴佩孚骄纵横暴，用武力统一政策，以乱川扰粤，而直鲁鄂豫受其直辖，为祸更烈，并逞其凶残，残杀工人学生，尤为国人所共弃；后来又动全国之兵，攻打奉天，穷兵黩武，涂炭生灵。我与胡景翼、孙岳，均痛心疾首，不能不取断然的行动，遂率师回京，举行首都革命，倒曹败吴，并驱逐帝制余孽溥仪，以完辛亥革命未竟之功。这一次的意义，一是讨伐贿选，为中国人争人格；二是反对武力统一，用免兵祸；三是铲除帝制祸根，免得再闹复辟的乱子；四是开远东民族解放的局面。当时段祺瑞以革命政府相标榜，我们看着他遭过失败，养晦多年，当有觉悟，所以请他出来当临时执政，以便做解放民族的事业。不料他出来之后，仍是引用私人，败行失政，解决金佛郎案，使国家受莫大的损失，国人至今痛心。他的革命政府完全是假的，对于民众不但不解放，而且严重的压迫，弄到后来演成"三一八"的屠杀案子，枪击学生，出了极暴烈的惨剧，政府成了杀人政府，岂有再拥护的余地，所以又有倒段之举。以上这些事实，都是从革命的路线上做的，他人不知，乃斥我为几次倒戈，责我为惯于逼宫，这是由于不明白革命，所以我特为述出来，好使国人对于我有明确的认识。有人骂孙中山先生，说孙中山真是有点革命癖，无论走到什么地方，就是要革命，若是他的儿子孙科做了大总统，他也要革命的。在他人以为这是骂孙先生，其实孙先生的伟大，正是在此。一个革命者，只要看见统治者不对，就得要革，无论他是亲戚也好，长官也好，站在民众的意义上，这些个人私情，一概都顾不得。吴佩孚张嘴闭嘴所抱守的纲常名教，尽可由学究们放在故纸堆里保存，不能拿到二十世纪的民主国里害人。但是有一层，我虽然做过几点革命事业，我却没有鲜明革命旗帜，因为我对于革命只有笼统的观念，没有明确的主张，革命的主义，革命的方法，在从前我都没有考察，所以只有一点两点改革式的革命，而没有彻底的做法，我也赤裸裸地说出来，好使国人知道我所做的，忽而是革命，忽而又不像革命，其缘故到底是怎么一回事。就革命的观点上说，过去的我，若说是一个中国革命者，是一个有中山主义者，我都不配，至于马克思主义列宁主义与世界革命的话,更是说不上了。不意当时有人说我是赤化了,现在看起来,真是惭愧。当时的冯玉祥哪里够得上赤化,不但骂我的不知赤化是什么,就是我自己也不知道什么是赤化。骂我的人,也说不出根据来,只说不该与苏联亲善。我想世界各帝国主义者,用不平等条约压迫中国,致中国的死命,只有苏联自动地取消不平等条约,以平等待我,自是引起我们的好感,使我们彼此亲善。若对于以平等待我的人而不与之亲善,反去巴结以奴隶待我的国家,这是何等亡国的心理?这是要请国人明白的。至于吴佩孚乱造谣言,说我与苏联结了什么密约,尤其是荒唐之语。我向来是痛恶卖国军阀与外人结密约,岂有躬身自蹈之理?苏联把种种不平等条约都自动地取消了,哪有再结不利于中国的条约之理?况且我个人的性格所在,绝不屑做这种鬼祟的事,如果有什么密约,也不能久于瞒人,什么密约,什么条件,何以绝无所闻?若说苏联帮助中国革命有所怀疑,要知道苏联是以解放世界上被压迫者,并扶助弱小民族为己任,主义在此,什么不利于人的事都做不出来。吴佩孚肚子里比谁都明白,他明白冯玉祥不是一个结密约的人,无论如何做不出这种事来的。他又明白离赤化离得很远,够不上戴赤帽子,而他偏要说什么密约,又是什么讨赤,完全是骗人来共同反对国民军以泄他自己的私愤。大家不知道,随声附和,实在是上了他的大当。吴佩孚先是号召所谓讨贼战争,后来忽又变而为反国民军的战争,国民军退天津,退北京,一再让步,谁知你越让,他越攻。军阀何以如此的强呢?军阀本身实在无此力量,乃是帝国主义者在背后主持,因此我们知道要想战胜军阀,必须先打倒帝国主义,帝国主义者在中国压迫之甚,几使中国不能生存。工人农人及一切受苦受难的人,为什么这样穷,这样苦?就是帝国主义所给的。帝国主义的各国,强迫中国订下了许多不平等条约,于是中国有租界,有租界地,有海陆军驻扎权,有航行权,有领事裁判权,修铁路,开矿山,把持中国的海关,强制中国行协定关税,压迫剥削,不一而足。例如关税,只能值百抽二五,使中国国库少收入,整理财政,无从下手。而最大的害处,是在阻碍中国工商业之发展,致中国经济之死命,使他们的货物尽量输入,使中国的原料贱价输出,于是中国每年进口货超过出口货,其价在三万万两银子之谱,赔款及外债本息偿还,单是在关盐两税项下拨付的,每年就是九千八百万元。至于他们在中国所经营的矿山、轮船、各种工厂、各地银行纸币,所吸去的大批现金,更是无算。又因关税不自主,不能保护国货发展,致使洋货遍中国,吸去的银钱又不可胜计。如此中国只得困穷,而且穷到现在的地步。帝国主义经济的侵略把中国弄穷了,又用政治的侵略陷中国于危境。东交民巷的使团是何等的强狠,稍微明白中国的政局没有不知道的,他们对于中国的内政动辄加以干涉,如去年大沽事件,干涉国民军即是一例;其最厉害的,是利用中国军阀压迫民众,又唆使军阀互相战争不已,以巩固其在华之权利,遂使民国成立十五年,年年都有战祸。已经被他弄穷了的中国,又加上十几年的战争,于是农民、工人、商人、学生、机关职员、新闻记者、兵士及一切的民众，穷的穷死的死，其原因都出于此。苦痛的来源已经求出来了，我们要解决这深切的苦痛，唯有推翻帝国主义的压迫，因此我就投袂而起，与革命同志们共同担负这个使命。现在我所努力的，是遵奉孙中山先生的遗嘱，进行国民革命，实行三民主义，所有国民党一、二两次全国代表大会的宣言与议决案，全部接受，并促其实现。今后将国民军建筑在民众的意义上面，完全为民众的武力，与民众深相结合，军队所在的地方，工人组织，农民组织，均当帮助，并联合其他民众的团体，共负革命之责任；同时对于学生、教员、商人、机关职员、新闻记者各阶级之利益，均极力顾全，意义是在解放被压迫之中国民族，以与世界各民族平等，解决军阀之压迫，使工人不受剥削，农民不受穷苦，商人不破产，学生有书读，教员及机关职员都有薪水发，新闻记者不发生性命的危险，以及其他人民的痛苦，均为解除。至于政治主张，我是一个国民党党员，又是国民政府委员之一，一切由国民党决定，由国民政府主持，我唯有与诸同志，同集合体的力量，履行就是了。谨此宣言。

如何训练军队

1927 年 7 月 5、7、8 日

一

诸位同志,现在党国的大任在我们身上了,我们应当如何激励奋发,来担负这个责任,今天讲的是:"如何训练本军?"

我们最要弄清楚的,(一)我们是谁的军队?(二)我们为什么打仗?简单地回答:(一)我们是老百姓的军队。(二)我们是为取消不平等条约而打仗。党是非替老百姓谋利益不可的,所以党的军队便是老百姓的军队。党是一定要有主义有政纲的,所以党的军队也要在主义政纲之下找到为民族生存的道路。这些意义,一定要使兵士们完全明白。再简单说一句:"我们是谁的军队?我们是老百姓的军队!"何以呢?因为我们的父母、兄弟、亲戚、邻居、朋友,连我们自己不当兵的时候都是老百姓的缘故,所以我们便是老百姓的军队。我们是老百姓的军队，便不是哪一个私人，哪一个私党私派的军队了。私人的军队是军阀的走狗。私党私派的军队是没有主义和政纲，专讲一党一派自私自利的军队。譬如北洋派，安福系，奉鲁军阀等等都是。这些［军队］既无主义政纲，也只能造成军阀，做几个私人的工具。

我们现在的大任，第一是打倒军阀。那么为什么要说我们打仗是为取消不平等条约呢？因为现在的军阀都是帝国主义者经济侵略下的走狗。帝国主义者不愿自己直接费力，才利用它的走狗军阀官僚来做工具压迫中国，维持它凭借不平等条约所攫得的不正当权利。所以，我们先把它的走狗军阀打倒。但我们终极的目的是取消不平等条约，所以只打倒军阀是不够的，定要取消了不平等条约，才算达到了争我们民族生存的目的。这是我们这次战争最重要的意义。

以上所说必须清清楚楚，明明白白，使每一个士兵彻底了解，否则，我们的革命精神是不能充实的。本军的《政治问答》上所写，历来的外祸，从鸦片战争起一直到现在，务须使每一个士兵深深地印入脑筋。否则，我们的革命行动是不能有力的。这本《政治问答》是经我亲笔再三订正的，希望大家领着士兵用心地读。先提起了自己的精神，一句句大声地读。你读一句，士兵跟一句；你问一声，士兵答一声。总要使全体官兵的精神都浑成一气：你哭，全体都为之号啕；你笑，全体都为之轩然；你悲痛凄惨，全体都为之潸然下泪，这才真正达到了"训"字的目的。

在本军的精神训练上唯一要紧的，就是这件事。

我自从莫斯科回来，第一句口号就是"全军政治化"。"全军政治化"就是"全军革命化"。全军政治化了、革命化了，才有生气，才有精神，才有活泼泼为国而流的鲜红的血。我们比不得卖国军阀，他们有钱，他们有烧杀抢掠和搜刮得来的钱，卖国得来的钱。我们没有，我们饭都没有吃。我们只有这一颗鲜红的赤心，要解除民众的痛苦！要从奸烧抢掠压迫搜刮的底下救出百姓和我们自己！要从卖国贼手中夺回我们几千年来祖宗坟墓所在、文明历史所寄的祖国！我们不能拿升官发财的话诱惑人，我们只能拿救人自救的真诚使彼此团结！这是我们唯一的革命精神，唯一能打倒卖国贼的利益。我们有这精神，便是胜利，无这精神，便是死，便是灭亡了。

关于"练"的方面，我们赶紧要把"立正""托枪""开步走""一二三四"等等旧的、无用的、死板的、只图形式的、亡国灭种的操法，一扫而尽。要知道，这些操法是洋大人要亡我们国家，只务外表求虚形，断送我们军队的唯一的笨法。我们赶紧要扫除！千万再别上当！

我们现在要的是真正的实战经验。如何弹不虚发，如何利用地形，如何挖掘战壕，如何练习实际战斗、冲锋跑步、白刃战等等，要拼命地练习！希望天天操练，时时刻刻放在心上！教士兵得到实战的经验，这是最要紧的。好了，今天就讲到这里为止。

二

我们这次打仗的目的，在取消不平等条约。所以望你们天天要和兵士读我所亲手订定的《政治问答》，将外人种种不平等待遇及［我们］怎样吃了不平等条约的亏，天天和兵士讲，比吃饭还重要。并要将如何而后可以取消不平等条约的方法，天天和兵士说明，比我们活着还要紧，比补充枪械子弹还要急。

其次，我们的军队是革命的军队，就是民众的武力。这句话不是空讲的，要切实去做。就是在三件事上注意：（一）要真正替老百姓帮忙。我们这次出潼关的时候，吉鸿昌的军队帮老百姓一同去割麦，每天割五百多亩，不受一文报酬，这是全军应效法的。（二）要替老百姓拼命去剿匪。这是我们唯一的天职，想来大家都知道的了，但还要拼命尽力。（三）我们一切的动作，都要为老百姓谋幸福，处处要用心去想。现在军事倥偬的时候，当然有许多地方老百姓是感到不大十分方便的，如何使军事不受影响，百姓不感不便，这是非处处留心，时时注意不可的。

再次，我们要训练兵士爱惜子弹。我们军中有一个口号："一弹当作全体性命看！"这个口号就是说，一粒子弹有时竟可以救了全体性命。诸位都知孙良诚同志的兵士，这次出潼关的时候，彼此互相勉励，一面口里嚷："同志们！二十粒子弹要打出潼关！"所以这次打仗，我们的枪声是很少听见的。非到近了，不肯妄发一枪的。但是近便又不肯发枪，跑过去便是冲锋，便是大刀劈去，便是把敌人的枪械抢了过来。所以听见杀人的声音多，听见放枪的声音少。昨天奉军中俘虏来的营长（由吉鸿昌解了来的）说，奉军中不准放炮，因为怕我们的军士一闻炮声便要往前跑。

我们全军一定要养成这种精神，才配称为真正的革命军队。

以上三件事，我盼望诸位十分注意。第四件事，就是诸位要谋自己的智识，天天长进。年纪长大，学问也跟长大。地位升高，学问也随升高。否则，年纪越大，思想仍然落后，地位升高，本人仍然不学无术，这是害本军，害革命，害党国；我们不是在救国，简直地是在造孽了，是在造成另一个革命的对象，我们应该被打倒了。所以，智识长进是第一件重要的事。总理说："知难行易。"可见凡人做事，非求彻底的知道不可。彻底的知道了，行自然就曲畅旁通，事半功倍了。

要彻底的知，非天天勤记日记不可。本军十几年来，每人都备有小本，但要切实的记才可。不问书上看的，朋友教的，长官讲的，一闻即记。日积月累，自然学问智识有进步了。试看外国人到中国来，哪一个不是一闻即记？不要只看见帝国主义者可恨可怕，也要明白他们有可效法的地方呀！本军现在恐怕身上没有小本的和有名无实的，也就不少了。这是一年来：（一）受穷毒。穷到有了钱买小本，便没有钱买铅笔；有了钱买铅笔，便没有钱买小刀。（二）是自己虽然筹到了买小本、铅笔和小刀的钱，然而以为不买也使得，就是这样模模糊糊懒惰下去了。（三）是长官不认真检查士兵的日记，不去改正错字，加补缺字。甚至字写不出，画一朵花儿，鸟儿，也由他去。本军记日记最详细的，无过于鹿钟麟同志。第二是徐志益。去年过之纲过包头时，还看见他一晚写了二页，问他："有什么兴味记日记？"他说："为什么没有兴味？总司令当旅长时，被人家逼到云南边上了，他当时只有七百多人；我现在一人便带了二千多，为什么没有兴味呢？"总之，你是不是向上长进，就从日记本上便可看出。现在从事革命，将来革命成功，一定有革命图书馆，凡属革命同志的日记本，都要征求入内。盼望各官长，多多在日记本上注意。长官尤其注意的：（一）追究，（二）考查，（三）提倡。务使本军的革命同志于"知"的方面，不愧为彻底明白主义，拼命努力的革命者，这是我所盼望的。

三

关于训练的问题，现在还有三项望诸同志注意。第一项，训练军队要从重视病人起，如何使病人少？病了的人如何医治？服中药呢？服西药？为官长的每朝总要亲自一一去看过。不论轻病重病都要一一记上。自己逼不得已不能去的时候，必须派最重要的人去。去了回来时，必须要亲自看他记下来的，然后再签字其上。一个士兵离父母，背乡井，孤身在外，最感痛苦的就是有病的时候。我们是他的长官，我们不去留心他，谁去留心呢？

有一天我问一位朋友："还有多少军队？"他说："还有七八万。"我说："要是有七八万军队我们不能把真诚热血来结合他们，那么他们心非但不倾向我们，使为救国救民之用，一定还埋怨我们。要是个个埋怨我们了，不要说有七八万兵，就是七八万臭虫，也要把我们咬死了。这是何等的危险。这样的兵，要枪、子弹是有他的，发命令时，就没有他了。所以必以他们的休戚为休戚，使他们与我们心心相印，团结一致才可以。"朋友很以为然。我们带兵没有钱，也不能滥给人家官做，只有本自己的诚心热血和士兵们同生死共休戚，古名将有用亲口替士兵吸取浓血的，楚将吴起就是。这兵士的母亲知道了便哭着说："他待我丈夫是如此，所以我丈夫为他死了。现在他待我的儿子又如此，但我只有这个儿子，岂不又要为他拼命？"古名将为得军心肯至如此，我们现在为党国，岂有不便应该如此？

现在军队多了，虽不能一一招呼周到，不得不把这责任重托你们。专制时代的名将练兵为一个人用，一个人的重托尚且如此，我们今日负四万万水深火热中的同胞的重托，更当何如呢？我们既要完成国民革命的莫大责任，我们应当和痛苦的士兵——就是伤兵病兵一样痛痒相关，这是一件再要紧的。

优待受伤兵士的办法是怎样呢？比如有受过二次伤的兵在后方，我们便教在前敌的同营士兵都写信给伤兵，慎重地慰问他，或是报告他本营的近状，及前敌胜利的情形，引起他的兴趣。这星期这样做了，下星期再对受过一次伤的同样做。再下星期对全体受了伤的，无论轻伤重伤都这样做。如此周而复始。长官更应当设法常与伤兵见面，也可明白他们的良否，备将来提升。遇有残废的，最好就留在身边，可以常常提起他的精神，减少他的烦恼，并可在演讲时特别奖许他做士兵们的榜样。今年在五月节，我们全军每棚兵士都要对同棚的残废者写信安慰，并且报告近情。此外对于阵亡的，病故的，我们一定要好好的埋葬。中国的道理"死为大"，我们筑坟时必须要深沟五尺。一是深入为安的意思,二是可以免疫,然后再为他立碑为记,年年要纪念他,要记取这是革命健儿的血;要是埋在哪里我们都不知道,死者如此,生者何堪。所以今年清明节的那天,总司令部全体人员,自总司令起,都到长安北关为围城时死亡的将士筑一大坟。我亲自动手挖土。这个大坟内,单说吉鸿昌部下的亡兵便有四十余名。

从前我们在南苑时,四十四团有一个兵士患贫血症,有连长名侯益振的,便请医生从自己身上取出血来补他,因为每打一针可多活一星期,一连在侯益振身上取了无数次的血。前年东华门外有一个产妇也是出血太多,协和医院医生便从擦地板的工人身上取血去补那产妇,竟好了。后来我们的伤兵因出血太多,非从他人取血补充不可。一天军医监马英来说:"欲救活伤兵,请开一棚好兵去取血。"我说:"开一棚兵去取血谈何容易?来,取我的血吧。"后来被团长营长听见了,都争着说,先取我们的血,不要取检阅使的,于是一天取了四十多瓶。这就是我们待兵的精神,这就是我们和卖国贼的训练士兵不同的地方。

卖国贼的军队怎么样呢?他们要军队不过替他装威风,抢地盘,买洋房,娶小老婆。我们是要我们的军队拼命救国,拼命革命,这不是空话所能骗人的,这实在是脚踏实地身体力行的。所谓利他主义,就是要自己为他人流新鲜的血,不断地流,流到死为止!我们以大义结合军心,总要在这些工夫上打算。

关于注重伤亡,上面已说过了。对于无病的应如何训练呢?最要紧的,就是管什么事的便做什么事。凡事总要从实际上根本上着想。譬如，军法是维持命令的，不是要等到有犯了军法的，然后才去惩罚；是要在没有犯军法的时节，时时刻刻提醒，并且养成守法的习惯。做军医的也是一样。譬如，这次我们出潼关时，我见有兵士在洗衣的河内打水使用，我觉得这是不能饮的污水，我赶紧去教他换了。然后，我把所有的军医找来问他们："军医应管些什么？"他们说："治病。"我问："无病的时候怎样？"他们想了半天答不上来。后来有一位说："总司令你看读三民主义好么？"我说："你不如打了青天白日旗去游街。要不然你就不明白'卖什么，吆喝什么'的道理。做军医的在行军时，便应该赶在军队的前站，看军队预备扎在何处，先试验该地的饮水是否合宜。然后一一分配，这是第一营的井，这是第二营的井，这是喝不得的，专门供给杂用的水，都要一一分别清楚。平常更要使全军都要明白一点卫生常识和救急的医方，这才是军医的责任。"

第二项再说到"训"字。（一）戒嗜好。一个人的不守军纪风纪，一个人的吃、喝、嫖、赌，不但一个人自己坏了，社会也被他坏了，国家也被他坏了。（二）戒骄惰。军队中大概有一些勇气的，便易有骄；稳当的便易于惰。所以每天要想法纠正，使每一个兵在军队里是好兵，不在军队里是一个热诚的好百姓。军队的坏，大概先从上面起。一军先从军部起；一旅先从旅部起；一团一营先从团部营部起。所以最要紧的是以身作则，先从自己做起，做出好样子来。（三）是国家的大势，时事的近状，国家的历史，政治的症结，一定要把这些问题用很简单明了的话，说得十分透彻,天天应当把一张国耻地图指令各人记在心里。现在我们训练军队尤其重要的,是要明白主义。我已经说过,去年回来的时候,我第一个口号便是:"全军政治化。"我曾本着这个口号提出四个问题。

（一）为什么当兵？

（二）为谁当兵？

（三）为什么打仗？

（四）为谁打仗？

我们为吃饭当兵么？那么卖国贼给你饭吃,你也替他当兵么？人活在世上是要顶天立地地做人,不是做造粪机器。所以人生应有意义的！为卖国贼当兵是不能的。明白这个,便可答一、二两个问题了。我们指挥军队打仗,究竟为些什么？唯一的目的,是要为大多数民众谋幸福！为被压迫民族谋解放！明白这个,便可答复三、四两问题了。我现在再简单地提出两个问题如下：

（一）问："为什么要打仗？"

答："为取消不平等条约而打仗！"

（二）问："我们是谁的军队？"

答："我们是老百姓的军队！"

我们当官长的,应当使每个兵士都明白上述两个问题的意义。如果一炮来了,兵士便大呼："咱们滚蛋吧！"这是吃饭的军队,不是有主义的军队。我们的"训"字,终要在这个上面着实注意。

关于"练"的方面,现在兵器一天一天的新了,操法也是不同了。现在练队伍,要从新的法子上练去,旧的无用的一齐扫除。什么是旧的法子？就是已经说过的抬高腿、一二三四、开步走等等，这些都是亡国的操法。现在要着实注重枪的瞄准、火器洁净、技术刺击、地形利用、野战演习等种种实学。总之要在实战上注意，凡与实战无关的一概除去。攻击、防御、追击、退却，每星期至少要练习一次。跑步一定要练，野战一定要习。行军、驻军、袭击，种种都要用心。军队最怕是绣花枕的军队。老段练的边防军好么？服装好，枪炮好，设备无一不好；但是没有实战训练，一打就败了，有什么用处？

我们对于实战的技术总要练习，批评，研究。平日用的心多，临战便少死人。平日认真操练，临战既能自救，也能救人。一块布我们要它不漏水，一定要织布时一线一线都认真，然后有效。我们要全军好，一定也要练兵时每一个分子都教练好，然后有用。今天我看见招的新兵，我说这不是招来的兵，这是招来的老太爷。第一年纪太大了；第二是十分之三恐怕是鸦片鬼，补充军队，哪里找不着人，弄这些脑袋小得像菜瓜一样的做什么？就拿说书的口中所讲的武士来说吧，也道是虎背熊腰，身体魁伟。河南有三千万人，难道挑不出十万八万健壮的来？军队中最怕的是出了老少三辈儿，招新兵总要每个都由一最高长官亲身看验过。张之江同志有一次对我说："补一个伙夫，检阅便可以交给别人办，不必你亲自看了。"我说："交给别人便玩忽了我自己的职责，便没有了国。因为一个伙夫到必要时也要打仗，非亲身看过不可。"以上便是我对于训练所欲讲的话，希望大家注意。

诸位同志！现在党国的重任是在我们大家的肩上了！革命成功，功在我们；革命失败，罪在我们。希望大家都要本着上面三讲所说的话，脚踏实地地去训练本军。务求训练出来的官兵，一个个都是能为党国奋斗，为主义牺牲，以一当百的革命军人。那么，我们才能对得起我们的党国，对得起我们自己，对得起我们的国民革命军的招牌，那么，我们才能够担负得起这救国救民的重担子。

在郑州招集驻军对各级军官之训话

1927年7月13、14日

今天我有几句要紧话向你们大家说。这一次我们作战，阵亡的和受伤的兵士很不少！这些日子，我们也没说出什么。难道说没有办法吗？不能，不能！不但是这个，就是你们的饷，你们的总司令，你们的政府自然有妥善的办法。你们有功，自有犒赏；你们受苦，自有报酬，决不会把你们的功和苦放在脑后没人问。对于兵，由官长负责照管，对于官长，有总司令。但是大家要明白，我们革命军人是为主义而战，并不是为哪个人谋富贵，谋吃好的、穿好的、住好的而战。假使我们一点主义没有，其目的仅为少数人谋吃好的，谋穿好的，谋住好的，那就太无价值了，那与帝国主义者走狗还有什么分别？我很盼望各将领各官长们，对于我们的头目，我们的兵，务必要常常给他们讲解，甚至于一个伙夫，一个马夫，也得叫他明白三民主义。你们大家要知道，我们干的事是救国救民的事。救国救民是我们自己的事,就是我们自己家里的事。难道说我们自己家里的事,还得要请个洋鬼子来替我们管理吗?我们受洋鬼子的气受得太多了!我国自从鸦片战争以来,受了外国人的压迫,割地赔款,订了许多不平等条约。我们总起来说,外国人简直不把中国人当人看,他们欺侮我们连孙子儿连猪狗都不如。随便举个例子看:他们在上海租界修了一个什么花园,他们竟然在那花园的门口写很大的字说:"中国人及狗不准入内"。外国人把我们与狗一样看待!我们这样下去,自己不拼命,那还称得上叫什么人?我们与其做这种猪狗不如的人,实在不如和帝国主义者拼命死了也有骨头。所以孙中山先生看到这一步,才发明出三民主义,才大声疾呼的,要废除不平等条约。什么是三民主义?三民主义就是:"民族""民权""民生"。质言之,也就是救国救民的主义。什么是不平等条约?不平等的条约就是外国人以强凌弱的手段,拿武力欺负我们,强迫我们订结的许多卖身契。我举一两个大的例来看,譬如庚子年中国被八国联军打败了仗,订了辛丑条约,割地赔款,洋人在中国内地驻兵,及最显著的"二十一条",这就是不平等条约,那都是要中国人命的锁链,卖身的文契。这种卖身契非拉碎它不可。我再举一个不平等的例:譬如街上的拉洋车的,他也是人,我们也是人,为什么我们坐车叫人家拉着呢?这还不是不平等吗?洋车这种东西,本来不是平民的东西,原来本是日本货,帝国主义者造的。坐洋车,是极不应该的;军人坐洋车尤其是不应该的事。军人本是保护国家讲究争平等的,我们若是连几步路都不能走,还说什么保护国家？还能讲什么平等？有一次，一个外国人要我给他画张画，并要叫我给他画张有感动的画，于是乎我就拿起笔来，画了一个中国人拉着一个洋车，上边坐着一个外国人。我记得，我还题了四句诗，可是我那诗，不能算诗，那只能算歪诗，我似乎记得是："一人坐车一人拉，同是人类有牛马……"这么几句话，现在我也记不清楚了。总之，我是绝对不赞成坐洋车的。这样的事情，实在是太无人道！我在这里说的话，表面上看来是不算什么，实际上讲起来，这不仅是与人道有关系，并且不坐洋车于个人也是有好处的。我们身体的健康，是练习的，越练习才能越健康。有了健康的身体，才能担负国家的事。即便我们退伍回了家，也是一个强健的好国民。所以我们教育兵，不仅是让他做一个好兵，并且要教育他成一个好国民。不仅是叫他自己知道我们的好，并且要叫他家里的人，也感激我们。我在这里说的话，大概有三句话可以包括。

1. 教士兵以种种知识。
2. 要他们知道担负国家的事。
3. 要使兵士明白主义。

你们要知道，国家的事，就是你们个人的事，担负国家的事，那就是你们应负的责任。这是个什么缘故呢？你们看！你们的总司令，军长，都是几十岁的人了。所以国家大事，将来是不能不仗着你们这些小兄弟了。我们对于主义，更应该切实明白，并且是时时刻刻都不应当忘掉的！我们打起仗来，靠的就是主义。我们所靠的三民主义，那就是我们唯一制胜的武器！胡匪张作霖他们作战是无主义的，他们是靠着卖国所得的金钱引诱人作战。他们出兵的时候，第一步就是先掀开军需处的箱子，看看还有多少钱，必得有四个月的饷才敢出兵。他们未出兵先要发饷，作起战来只要箱子内还存几个月的饷，他们就说不要紧！还有几月的饷啦。他们的炮，他们的子弹都是外国来的，他们的枪都是三十八年式，总算很好。那么，为什么见了敌人就跑？为什么不能打胜仗？他们唯一失败的原因，就是没有主义。一个军队若是没有主义，任凭你饷械多么足，家伙多么好，也是没有用！不然的话，我们这些穷小子，何以到处都能打胜仗呢？我们若不是仗着有主义，那还能跟人家打么？他们的打仗是靠着钱，是讲究家伙（即枪炮）精不精。我们却不管那些个，我们只问他主义好不好，政治训练好不好。他们是帝国主义的走狗，他们是为他个人谋富贵的，他们是要宰割老百姓的，他们恨不得把老百姓一个一个拿到桌上，当鱼肉吃了才好！他们除了大土匪头张作霖之外，还有什么张作相，再往下说他一辈，就是什么张学良张学这个，张学那个。他们的目的，是为他们一辈一辈地谋福享，并不管什么老百姓不老百姓。他们的脑子里就根本没有个老百姓。我们革命的军人呢？是要打倒帝国主义，是要为人民谋解放。我们因为感觉到我们的脖子上捆了这条帝国主义者的铁链——不平等条约，实在太不舒服了。一言以蔽之，我们既然感觉了这种压迫，那就不得不革命了。所以我盼望你们各将领，各官兵们，对于你们的兵总得要多讲话，总得要叫他明白主义。讲话那就是训练队伍。训练队伍，并不在操场，像操场里那些腐败的旧式操法，那个有什么用！天天起来到操场里，"立正！向右转！（一二三）向左转！开步走！张得胜，手甩得高着点！太低了！"试问，言这些腐败不堪的形式有什么用？当此亡国灭种就在目前的时期，哪里还有闲工夫摆这种臭门面！我的主张，就是实事求是，有用处的，我们可以学，没有用处的，我们何必学它！嗣后你们出操，务要多求实际，不必多求表面。第一，你们要多操利用地物。第二，要注意战斗动作。第三，要详解射击军纪。利用地物，我们不管它是什么地物，总得要会用；哪怕就是一个小坟头，我们也得要知道会用。战斗动作，不仅是敏捷，还得要活泼刚勇。射击军纪，尤其得格外注意。射击总得要有精确的审察才能射击，射击是要瞪起眼来的，是要瞄准精确，并不是闭上眼睛，模模糊糊地射击。我们练兵就是为的瞄准，瞄得准才能够枪发必中，才不至虚耗子弹，才能杀敌，假如不晓得瞄准，光知道闭上眼睛瞎放一气，那和旧历年放爆竹还有什么分别？你们每一个人放罢枪，掉下来的子弹壳，就是能装两抬筐，试问那有什么用？难道说，敌人还能因为你们放枪的响声大，会吓跑吗？我想绝不能够吧！你们若是那样一味地瞎放，不但是不能吓跑敌人，并且那是叫人家来攻击你们。何以呢？这就是因为你们的枪太没有准了，太叫人家放心了！果是你们的枪不肯空发，敌人已早丧胆，哪里还敢言攻！所以我对于练兵——一是注意瞄准再放，二即是白刃战。对于这两条，非痛下功夫，决不能成！我在这里所说的话，我很盼望你们各将领、各官长们回去的时候，照着我的话赶快去实做，千万不要存观望的意思。若是光看着人家做，我也做，人家不做，我也憩着，那就太没出息了。要知道你这不仅是操练，实在还是救人。你若是想死人少，就得赶快去多做，多做就可以减少死率，不做那就得认着多死人了。切不要想着，人家不做，我要做，那岂不是官迷吗？岂不要被人家说笑吗？那么说，他不官迷，敌人不远，就在河北岸，将来看他有什么办法？我在这里说的话，最要紧的，就是目兵应当知道的，官长先得要知道；目兵应当遵守的，官长先得要遵守了。这就是训练的根本。

我们训练军队，最要紧，最应注意的地方，就是朝气，千万不要暮气。朝气是什么？朝气就是早晨的气象。暮气是什么？暮气就是晦气，倒霉的气象。所以我们训练军队，先得要注意，不要它有倒霉气。如先贤云："朝气锐，午气惰，暮气归。"那就是这个意思。兵家最重要的就是朝气。暮气是决不能有的。我盼望你们各将领、各官长们，要刻刻想法子提起朝气，并且要刻刻想法子铲除暮气。譬如正晌午的工夫，在这个时间，你各官长们把你们的兵带到太阳地里去刺枪，去劈刀，最少的限度，要刺上两个钟头，不到汗流浃背不止。这就是去惰的法子。想提起士兵的精神，总得要官长先去实做。只要你们官长们能先实做，目兵的精神自然地也就振作起来了。最坏的是旧臭官架子不退，光知道享福，仅把兵带到太阳地里去刺枪、劈刀，他却在荫凉里乘凉！像这样的官长，自己就带了许多的暮气、倒霉气，哪里还配振作目兵的精神！还有我们这个刺枪的声音，以后也得要改正。刺枪还就是将来的白刃战，声音不但是要高,还是非带拐钩不行。这个声音的目的,就是要吓退敌人。你们务要注意,我们练兵不仅是要他能战,能提起朝气就算满足,还得叫他日进文明,我们能以日进文明,才能跟世界各国的文明人并驾齐驱。至于从前那些野蛮的举动,一点也不准有。像那一伙没有教育的奉匪,张口就是"妈那巴子",那是成什么话。我们既然是革命军人,所以先得要革除旧的恶习惯。我们若由这些小动作上去求实行,这就是我们志气向上的第一步。譬如我们的队伍在街上走,切不要像到了操场似的走四路。你若仍是四路纵队走,再加上小排长,大排长,那岂不成了六个人的肩隔。你们这六个人的肩隔先占去六步的宽,试问市民们还走路不走?你们[若]有这样行为不知改正,你们想想市民们骂你不骂?人家就是不敢骂出嘴来,也要在心里骂你。所以我今天在这里说的这话,以后要改。设要再带队伍在街上走,一定要成二路;再把小排长加在里头,贴着一边走,自然就不会挨骂,这也就是文明的气象。队伍在街上走,固然要如此,即使就是人数少,也得要有规矩。不怕你有两个兵在街上走,一定要得走对腿。还有对于老百姓说话,总得要态度和平,总得要知道爱惜百姓。爱惜百姓,那就是爱惜我们个人。我前几天没问过吗?你们的父母是什么人?老百姓。你们的亲戚是什么人?老百姓。你们的邻舍家是什么人?老百姓。你若不在军队的时候,回到家去是什么人?老百姓。你们既然知道这些层次,你们还该欺负老百姓吗?你们就是欺负了老百姓,也算不了什么好汉。你们肩膀上扛的那杆枪,那都是老百姓的血汗买的。我们头上戴的帽子，身上穿的衣服，脚上穿的鞋，都是老百姓的。你们再想想，老百姓为什么应该受你的欺负？我们军人非但是不应当欺负老百姓，并且是非在老百姓跟前装孙子，装儿子都不行。因为我们的父母都是老百姓，所以我们想日进文明，就得先由爱惜百姓起。嗣后你们向老百姓说话，无论如何，总不要忘了一个"请"字，和一个"谢"字。譬如说：请问先生，往关帝庙从哪里走？人家若告诉了之后，总得要说出这个"谢"字。一个"请"字，一个"谢"字，就可以表示我们是受过教育的兵，就可以免去许多的野蛮气。你们各将领们，对于这一样，说得不厌精、不厌细地对兵们讲解才好！我们带兵贵精，不贵多，绝不能像他们那些人一样。诸葛亮《出师表》上说过："猛将固如云，但非一州之所有。"于此可见用兵之要着，亦在乎选拔。岳西峰带兵，是个最马虎、顶不知道选拔将士的人，所以他吃的亏比谁都大。从前我同他见了面都是叫他岳二哥，很看得起他。我对他这个贪多的毛病，不晓得劝过几回，无奈他总不听信。我因这个缘故，后来我改了称呼，叫他岳老三！你们大家看一看，打岳西峰的，是不是都是他从前带的人？他有时见了我，总爱夸他又添了多少人。我总是说他莫如不添好，不添人还乐得清静，多添两万人，实在是多添两万麻烦。我说这话，并不是要攻人之短，是指明前车之鉴。所以兵不在多而在精。如何能精？那就看你训练得如何。

大事从小事做起[①]

1927年8月29日

诸位知余所以捎来此树之用意否？倘然不知，大家试猜一猜，这树之材料多好，再待数年，非但可以做桌椅板凳，并且能为大厦栋梁。民间培植此树已好几年了，老百姓费了许多血汗。现在遽然砍下，你看树皮还青青的，仿佛二十岁左右的青年被军阀与帝国主义摧残了，多么可痛，多么可惜。这样看来，国家并不是无材。有许多很好的材料，不是埋没，便是受摧残。我愿与普天下的失意志士，同声一哭。余对本军曾三令五申，用煤炭做燃料，不要用树木做燃料。今天我问推小车的，才知道这样的树木是执法司向兵站要来做柴烧的。兵站处自然向县署乡间去要，县署和乡间听说总司令部要，就不得不砍了。而这种事偏偏发生在执法司，真所谓知法犯法了。军法司司长科长应该随时向厨房伙夫说，只能烧煤，不要烧柴，免得摧残民

[①] 本文是冯玉祥在郑州对官佐的训话。

间的树木，才不愧是革命军。"革命"两字，不是单在口里说的，是要切切实实去实行的。我讲这话，大家以为是很小的事，何必总司令也要来管？我说，大事从小事做起，尤其是革命工作，更要切切实实从小事做起，才能推进革命的工作。

我未出潼关时，屡次召集军需处人员训话，说是处处要节俭，要简省。因为我常见马吃的料，吃二份糟蹋一份，这些草料都是老百姓的血汗，这样不爱惜，还能算是革命吗？还能算是三民主义的信徒吗？进一步说：革命就是革去不好的命，就是推翻一切不良的军事政治和社会制度，然后再把好的主义实现出来，并不是口里高唱革命，而所作所为还比不上反革命派。你想奉军在河南只有七十三天，他对于京汉路陇海路的交通维持得多好。客车上没看见有军人。听说有兵士坐在客车上，查出就办。团长旅长不守纪律，也是一样的。现在我们国民革命军来了，总要比奉军处处做出更好的事情来，才能于心无愧，才能配说革命。诸位各自努力呵，不要使帝国主义及军阀和反动派来笑我们呵！

刚才秘书长报告政治中之财政一段，我再来补充几句；最近政府有命令裁汰骈枝机关，节省各种靡费。这个命令传来，我们倒不觉得什么困难。因为我们天天过的是平民生活，天天在节俭中困苦中，不然，假使过惯好日子，忽然间要节俭起来，那就感觉困难了。曾文正公说："由俭入奢易，由奢返俭难。"这句话一些不错，大家应该随时警醒。

近来有一个朋友写信给我,说别人军中派出去的,不是东西洋留学生,便是大学毕业生,你那儿派出来的,大半都是行伍出身。这几句话,我是很诚恳的接受。我希望诸位同志,自己切切实实地努力向上,虽然名义上不是出洋留学生,大学毕业生,只要实际上一样,那就不成问题。否则,但讲名义,不求实际,那么曹汝霖、章宗祥不也是留学生吗?可是他们干的尽是卖国勾当。薛子良在山西学校毕业后,便来本军任书记,任县知事,以至做甘肃省长,河南民政厅长。他做事不辞劳苦,处处以救国救民为出发点。所以只要能任劳任怨,一定能收相当的效果。但是大家随时要看书,以免思想落后。

我在南苑时,有一位德国留学生来找我,他说:卢子嘉、吴佩孚、张作霖,他都不钦佩,他心中在中国最钦佩的唯有我一人。他又说:现在有一个好机会,卢永祥托他买了十架飞机,已运到南洋了,只要有一万元做运费,就可将此项飞机运到南苑来。我听了他的话,说得太甜蜜了,很疑心。后来问刘骥,刘骥说可以跟他一同到上海去,探探虚实,可办则办。后来他们两人一同乘轮船到上海,将要上岸的时候,众人一挤,那位德国留学生不知去向了。刘骥的手提皮包,也不翼而飞了。刘骥打电报告诉我说皮包失掉了,皮包中五百余元也一同被骗了。我回他一电,说皮包没有不要紧,只要你身体不失掉,你快回来吧。所以一个人,无论怎样本事好,假使不入正道,今天到东去骗，明天到西去骗，结果人家眼前吃亏，他却是身败名裂，终身吃亏。总之，为人处处要从实际上着想，不能图一丝一毫的虚浮。望诸位无论营部、团部、旅部调到总部工作，统统要言行从实际方面做起。

新军人与旧军人

1928年2月2、3、4日

一

今天给大家讲一件事,题目是:"新军人与旧军人"。就是讲新军人与旧军人不同之点。新军人与旧军人处处不同,目兵不同,官长亦不同。旧军队的官长为的是要做大官,发大财,多得钱,少做事,吃好的,穿好的,住好的。新军队的官长便不是如此,吃苦耐劳,早起晚眠,每早兵还未起,自己便先起了,每晚兵都睡了,自己才肯去睡。旧军队的官长,不是这样的,他们只知安富尊荣,懒得连鞋子都不愿意自己穿,要叫别人来替他穿,叫人连名字也不愿意叫,只叫"来呀"!新军队的官长,与士卒是一律平等,饭食起居都是一样的。不过在职务责任上各有不同,例如骑兵骑马,炮兵用马拖炮,步兵则荷枪步行,这都是因为各人所处的地位不同，所服的任务不同，绝不是有尊卑阶级的分别。旧军队的官长，总是看见个个人都不可靠，只有他的兄弟亲戚朋友乡亲都靠得住，所以部下所引用的人，不是他的兄弟，就是他的亲戚。也不问贤不贤，能干事不能干事，只要是他的弟兄亲戚都是好的。张敬尧在湖南的时候就是如此。他自己是大帅，他的弟兄是二帅、三帅、四帅、五帅，以至六帅七帅。他的妻舅称舅帅，甚至他的小姨子的丈夫也称姨帅。凡到过湖南的，大概都知道的。你们说军队有此种官长，这个军队能不糟糕吗？国家有这种军队，国家能不倒霉吗？新军队的官长，用人是用贤用能，就是墨子所说的尚贤尚能。什么叫作用贤用能呢？譬如五百米远的靶子吧，别人打不中，你能打中，就用你。他的用人是凭贤能不贤能定取舍的，不是徇私的。旧军队的官长用人，不问贤不贤，先问亲不亲；不问能不能，先问乡不乡。这是新旧长官不同之点，你们听见了没有了？（齐答：听见了！）

旧军队的官长只知讲应酬，讲巴结，不办正事，整天的只是打算娶媳妇，嫁女儿，爷的生日，娘的寿日，孩子的满月，都要出份子，要送礼，非常的注意，非常的讲求。当师长旅长的是如此，所以营长大人县长老爷也就要如此。一方面是为的是多收些礼可以发财，一方面是为的多送点情，可以讨上官欢喜。新军人不讲求这些应酬的，只讲求革命，讲求救国救民。遇到这类嫁娶寿诞的事，绝不花许多无谓的钱，见了面道一声贺而已。因为我们是革命军，花一文钱，也要与老百姓谋一文钱的幸福，处处站在革命的观点上为民众着想。你们懂不懂呢？（答：懂得！）

再说旧军队的官长只知自私自利，为他自己一个人谋利益，在中国有两所银行还不够，还要在外国银行存下三千万五千万八千万。新军队的官长与兵士是一样，同甘苦，共患难。饭熟了，兵士未吃，自己不敢先吃；水开了，兵士未喝，自己不敢先喝。这也是新军人与旧军人不同的地方。

以上所说的种种，不过略举几个例子。其实新军队官长旧军队官长不同的事情还多，一时也说不完。现在且说新军队兵士与旧军队兵士是怎样的不同。旧军队的兵士，有的因为穷所迫而当兵，有的因没有妻子而当兵，有的因与妻子不和睦而当兵，更有因在家赌博输了钱，或是因为闹奸情，或是因为在家杀人放火犯了罪而当兵。所以俗语有："好儿不当兵，好铁不炼钉"的两句口号。分子既如此复杂，入伍以后，他们不肖的官长，又不知训练他们，管教他们，他们哪能不胡闹呢？所以一天一天的只是吃喝嫖赌，开口骂人。有一人不会嫖赌，不会骂人，众人便说是"肉头"；又说什么"吃喝嫖赌是赵匡胤，不吃不喝是武大郎"这一类坏话来轻薄，来讥诮。所以就是有一个两个好的，也被他们熏陶坏了。而且每逢上操的时候，总是不带一点儿气力，下了操赶快把枪往下一丢，说声"哎哟！这可完了。"你们想，这样的军队哪能去打仗呢？记得我当兵的时候，栅子里许多人长杨梅疮，他们的名字叫什么王火烧、半斤馍、牛毛等等，可见这些人的乱七八糟了。俗话说得好："龙生龙，凤生凤，老鼠的儿会钻洞。"又说：

"种瓜得瓜,种豆得豆。"当官长的为家不为国,为己不为人,所以当兵士的,亦决不会学好。当兵既是个坏兵,回家亦必为坏百姓,决不肯安分守己的经商耕地,非偷即摸。同志们!近年土匪遍地,尤其是河南的土匪比他处特多,这是什么缘故呵?因为一般恶军阀为保持他私人的权利,尽量地在各处招兵,尤其是河南是他们的招兵目的地。他们既把兵招去了,一般的混账官长,又不教兵士学好,只教兵士嫖赌吃喝,奸淫抢夺。这类兵士既学会打枪,又染许多坏习气,回家后哪有不为非作恶的呢?因此才把河南及各处造成这许多土匪,害地方,害百姓。至于我们新军队,是要训练出多数革命军人,多数救国救民的军人。凡是到我们军队里当兵的,我们要设法加以崭新的教育。所以我们军队兵士在家时不会识字,入伍后便会识字了;在家时不会讲话,入伍后便会讲话了;在家时吃烟赌博,入伍后便烟赌都戒了。像这样在军队为一爱国的军人,回家后又当一安分守己的好百姓。那么,国家能有不强的道理吗?你们说对不对呢?(齐答:对!)

我国以前大概都是旧式的军队,所以兵即是匪,匪即是兵,把老百姓害得不能生活。他们都是从强盗学校毕业,所以退伍后,没有不为匪的。同志们!要知道坏军队好似一坑黑水,年轻子弟走到里头去,就好似一碗清水投入黑水坑,哪能有不被染黑的呢?

再说当军人的要讲求忠心,但是我们新军人所讲的"忠"字与他们旧军人所讲的不同;他们旧军人的"忠"字是要忠于皇帝,忠于大帅。我们新军人的"忠"字是要忠于人民，忠于国家。我们军队的兵士要本着忠于国家，忠于人民的宗旨，人人成为一个救国救民的军人，做一个顶天立地的汉子，为国家之栋梁。要人人皆知道，我们是利他主义的，只要有益于国家，有益于民众，即粉骨碎身亦所不辞。这是我们的目标，你们懂不懂呢？（齐答：懂得！）

现在，或者有新入伍的弟兄们对于我们的目标不能认识清楚，以为我自己吃喝嫖赌与他人有何相干，为什么禁止呢？这实在是错误了。同志们，好弟兄们！须要知道，我们是同生死、共患难的。你们的好，就是我的好。你们能做一个好军人，你们能拼命出力去救国救民，是我冯玉祥对得起国家，对得起民众。我很希望你们新入伍的弟兄们能明白这个道理才好。军队里坏人多，但是我们军队不许有一个坏人。如有，便立刻把他剔除，不要染着我们。今天就说到这里。盼各位好弟兄们记着！努力！

二

昨日所讲的"新军人"因未讲完，今日仍继续着讲。以前所讲的是关于新旧军队的军官如何、兵士如何，今天要讲的就是：旧军队的军佐如何？军需如何？新军队的军佐如何？军需如何？旧军人平时战时如何？行军驻军如何？现在要把它一样一样地说明。

旧军队的军佐行动时不坐车即坐轿，走路的时候，总是拿着八字步，有一般穷秀才的酸腐味儿。什么规矩，什么纪律，都不守。记得在四川时，军佐个个坐轿，弄的司书生也非骑骡子不可。他们的生活很浪漫，早晨不起，晚间不眠。军队走到一处，他们先跑到街上逛一逛。衣服随意穿，帽子随意戴，有的时候还要故意弄出个别样儿，显出他的师爷派来。至于吃喝嫖赌抽大烟种种嗜好，更是以一身而俱备的了。

再看新军队的军佐是个什么样子呢？他们是与兵士一样的。不但无以上诸种嗜好和臭架子，且因为他们读过书的有知识，比军官更守纪律。并且每次打仗，主官走到哪里，军佐跟到哪里，个个都能上马杀贼。这次我们军队在前线作战，军佐伤亡的很不少，就是一个明证。

旧军队的军需与新军队的军需也不一样。旧军队的军需对于账目弊幕重重，无论是官存的钱，兵存的钱，或菜钱饷糈等，莫不随便吞没。袁乃宽当袁世凯的军需，所以发了大财，在信阳盖许多洋楼。像是这等克扣军需发大财的坏种们，他们的行为，真可以说是"喝兵的血"！也可以说是"喝兵的精"！新军队革命军队的军需绝不是这样子。他们办事，是要针针见血，一步一个脚印，一丝一毫也不许错的！

以上把新旧军队的军佐军需人员说了大概。以下再说新旧军队平时是怎样，战时是怎样。旧军队平时不讲究打仗。操练的时候只知道讲正步走，向左转，向右转，托枪，预备放，还要左右左，左右左，一二三四地数着，对于实际上作战的方法是丝毫不知道讲求的。我们新军队，革命的军队，就只注意战术，亡国式的操法是不注重的。所以平时专练习跑步、瞄准、挖沟垒、越阻栏等，不管托枪得齐不齐，步走得响不响。不但如此，旧军队于平素操练的时候，最忌说"伤亡"二字，说了便以为不祥。他们只爱说升官发财一类的好话。因为官长或是兵士从来没听过"伤亡"两个字，所以他们一遇打败仗时，看见伤亡的很多，便是手足无措地崩溃下去，再不能支撑了。新军队于操练时，专注重打败仗的事情，专讲求救济伤亡方法。当演习假战斗的时候，常常的报告某旅长阵亡，某连长受伤，于是军队又是怎样地调遣，人员怎样地补充，十字队怎样地救护。所以一至临阵，便能处之裕如。旧军队于平日驻防时，个个寻暗娼，扰乱里巷，使百姓痛恨。新军队革命的军队则每日早起晚睡，上讲堂，习战术，并且忙得和老百姓割麦的一样。所以个个强壮得如铁弹钢球一样，不会赌博，更不会嫖妓！新军队革命军队就是如此的，你们听见了没有？（齐答：听见了！）你们是不是新军队？是不是革命的军队？（齐答：是！）你们既是新军队革命的军队，怎样做才对呢？怎样做便不对呢？大家一想即会知道。新旧军队平时的不同，已略如上述。

至于打仗的时候，他们有什么区别呢？旧军队一遇打仗便两腿打战。新军队则奋勇异常，这就是因为平时练习有素，天天练习跑栏阻瞄准射击，所谓"外练筋骨皮，内练一口气"。艺高人胆大，临阵自然气壮；所以一遇着敌人时候没有一个不是奋勇向前，绝不会张皇失措的。至于打仗方法是应该什么样的呢？战术上曾说："利用地物，发扬枪火为第一，遮蔽己身次之。"革命的新军队打仗，都是注意第一义的。所以他打仗的时候要先察看地势，在什么地方放枪，能便于瞄准，能增加射击的力量，能打着敌人，便在什么地方放，然后再讲求遮蔽自己身体。旧军队就不同了，他们是专门注重第二义的。所以打仗时候，总是把身体头颅完全藏在地物下，两手举起枪来，不讲求瞄准，搁在头顶上胡放一气！我们放枪，为打死敌人；他们放枪，为吓跑敌人，以为一放枪，敌人就会吓跑了。这样的打仗能不败吗？你们说，像这种战法对不对呢？（齐答：不对！）他们打一次仗，军纪废弛一次。其起初大官不敢管束小官，小官不敢管束目兵，处处低声下气，尚可维持；及经过三四次仗后，小官比大官还厉害，目兵比小官又要厉害，谁也管不了谁，更说不到"军纪"两个字了。兵士奸淫掳掠，见了牛杀牛，见了骡杀骡，以至见了鸡鸭无一不杀；官长对于他们这种行为，不唯不敢管，连哼也不敢哼一声。我们的新军队是纪律化的。打一次仗后，仍然是照例上课。到一个地方，不是扫街，就是修路，目兵见了官长，小官见了大官都是两腿直立，规规矩矩的，不敢有丝毫放肆，有丝毫骄傲的意思。所以我们越打仗，纪律越严整，精神越振作。你们看，就是张之江、鹿钟麟、韩复榘及其余各将领，是与我同生死共患难的好朋友，比自己同胞兄弟还要亲爱，但他们若有事向我报告时，也是立正说："报告总司令，一是什么，二是什么……"我们决不能因为私情便忘却纪律。这次韩复榘在东路作战，把他调往河北打谢玉田；又从河北调回，午后四点到郑州，征尘未去，六点便又上讲堂，且官长亦不能缺席！这是何等的精神呢？若在旧军队还能不怨声四起吗？

同志们！我们当兵是与国家出力的，并不是与长官出力的。是与传授这个国家于我们的祖宗，及永远做个国家国民的好子孙出力，并不是与长官出力的啊！我们的新军队，不但是纪律化，并且是平民化。官与兵向来是甘苦同尝，患难相共的。旧军队哪能如此呢！旧军队官长把自己看作天神一样，看待目兵连牛马也不如。自己穿好的，吃好的，兵士有穿的没有，有吃的没有，他就不问了。你们想一想，这样地待兵，还能使部下听命，还能使部下帮助他打仗吗？我上次在开封问潘部的俘虏怎样缴械的，他们说："我们是把枪架起缴的。裹着价值七百元的大氅，我们还着单衣，所以不给他那个小子打了！"所以平民化与否，也是新旧军队不同的一点。

新军队打仗时，奋不顾身，旧军队则畏缩不前。我在四川打仗时，第十六旅赵团长同我站在一处，我说："这是我旅长的地位，你要到在上方五百米以外站着。"他听了我的话，向前去了，便传令他的陈营长说："陈营长上啊！"陈卧在一个坟的后面，遮着身体，不肯前进，仅回头看了一看就算了。我又下令前进，赵仍令陈营长前进，陈又不肯动。我着急了，责问赵团长，赵便拔出刀来，一面骂陈，一面向他砍去，陈营长才连忙爬起说："前进！"你们说可笑不可笑呢！这次我们的军队与张宗昌、褚玉璞打仗，共伤一万八千人。伤了一个师长，伤了十四个旅长。现在治好了的，有一万六千人。当打得正激烈时候，韩总指挥、石军长都是亲自提着手提机关枪站在散兵线上督战，师长孙桐萱受伤仍不肯下，旅长张印湘受伤后，调养二日，又赴前线。有一营长被敌打堕二指，他把手略事束绑，把手指放在衣袋里，指挥如故。因为他们如此勇敢，所以鲁逆十五万人完全覆没；钢甲车四列，都给我们丢下。同志们！革命军队新军队与旧军队不同也就在这里，你们听见了没有？（齐答：听见了！）

　　现在再说对待伤兵是怎样。旧军队的兵士受了伤无人管，我们的医院随着军队，一有受伤的人，便赶快抬回医治，每人给他换上一套新棉衣服，一床新被褥，省政府委员亲自照顾，我亲自给他们擦澡，我才给他们洗，他们便哭起来。我问他们为什么哭？他们说：我们在家里，就是自己父母也没有这样的照顾我，怎能叫我们不感激，不哭呢？我便安慰他们："不要哭吧！我们不分尊卑，都是好弟兄，革命的同志。"

　　同志们！我们是新军人，革命的军人。处处要实现救国救民的主义和精神，处处要表现我们与卖国贼的军队不同之所在，那才不愧为新军人，革命军人呢！

　　天气甚冷，大家鹄立多时，不便多说；请大家回去各人把我所说的话细细地想一想好了。

三

　　前昨两日所讲新军人与旧军人的不同，我们知道旧军人是为个人的，新军人革命军人是为大多数人的，非一二人的。旧军官有许多习气，吃喝嫖赌吸大烟，骄傲懒惰不一而足。新的革命的军官克勤克俭，吃苦耐劳，无一切嗜好，只知努力救国家，救人民，视军队如家庭，视部下如手足；管理熏陶，人人成材，事事就绪。昨天又把新旧军队的军佐如何、军需如何、平时如何、行军如何、驻军时如何、作战时如何、说得清清楚楚。今天再继续讲下去：

旧军人崇尚浪漫态度，愈不规矩愈受称赞；反之，守规矩的人倒被目为"肉头"！譬如问路这一件事，旧军人不但态度蛮横，毫无礼貌，且开口骂人，说："问你，你听不见吗！瞎耳朵吗？妈的……"新军人则态度和蔼，礼貌周详，说："先生！请问往某处，是从哪条路走？"及至人家告诉以后，又很感激地说："谢谢你！"好弟兄们！问人路反骂人家的对不对？（答：不对！）说"谢谢你"的对不对？（答：对！）我们是革命的军队，应当注意守规矩，有礼貌，绝不可浪漫。这是第一。

第二，旧军人自私自利心太重，无论走到何处，见物就借。由借而霸占，直与掠夺无异。如马夫饮马，借人的水桶，随即收为己有。革命军人有一线之路，亦不借老百姓的东西。有苦尽吃，非至万不得已，不向老百姓张口言借，就是借一把扫地笤帚，借前恭逊有礼，奉还时又感谢有加，这才是新军人的办法！旧军人在街上行走时，必须人家与他让路，如有人无意撞着他，便立即开口大骂。新军人则靠左边走，逢人让路，无论其为老幼妇女，皆一样的看待。不但如此，姿势上也很讲求：一人走路，挺身直，两人走路，则步法整齐。若在旧军人走路时，两人便随走随闹，一人则胡思乱想，左顾右盼。这就是新军人受过教育，与腐败军人无教育可言不同之所在啊。常见旧军人在人稠的地方，有人无意中踏着他的脚时，他立刻躁怒起来，连骂带打。新军人如遇有此等情事，便很客气地说："没有什么，请勿介意！磕着你的脚没有？"同志们！这样子对不对？（答：对！）因为我们是老百姓的军队，应该处处让着老百姓，并且我们的父母、兄弟、亲戚、朋友，都是老百姓，让着老百姓，正是让我们的父母兄弟亲戚朋友啊！

旧军人还有一件坏行为，就是欺诈财物。譬如当采买的，买油数斤，自己不小心洒了一半，于是跑回去，强令商人添补，还骂人不公道。新军人绝无此事发生；即或商人真少给了，也是据实说明，或是报告长官，令官长扮作目兵，从中调查。又旧军人因未受训练，毫无涵养，如当他行经一家铺号的门前，适值铺伙泼水，溅他一身，他必暴跳起来，非打即骂。若值新军人，必说："不要紧，我是你们的仆人，仆人过门不打招呼，所以弄一身水，是应得之咎！请不要在意。"好弟兄们！这就是讲道理、受训练、爱人民的军队！你们听见没有？（答：听见了！）

旧军人在野外服勤务时，不注视敌人，只注视官长。官长不在，则任意妄为，或言不及义；官长在时，就立刻规矩。我们新军人，无论何时，思念着自己的责任，或彼此研究利用地物歌，背诵精神书等。旧军人对于粮秣随意糟蹋，并且虚报人数，多领给养，以便从中扣卖。所以兵士怨声四起，唾骂他，甚或觑着机会报复他！新军人，革命军人，把一文钱当作老百姓的血汗，不敢妄费。即一芥一草，也须喂到马肚里，否则对不起老百姓！你们看，不革命，假革命的军队，马粪里满杂柴草，把百姓血汗取来任意挥霍！所以革命的军人为老百姓惜力，亦所以爱百姓爱国！你们听见没有？（答：听见了！）

同志们！一个无行的人，在旧的说法谓之坏人；新的说法谓之"未受训练，未受教育的人"。这十个字比骂还要厉害。受过训练的人，即一举一动，至细至微的事，如绑腿带、扣衣纽等，亦必有一定手续。如进屋之前必先叩门，不可排闼而入。他人正看之书放在桌上，自己不可拿起乱翻。他人写信的时候，要回过头来，不可注视。因为窥人秘密是一件极不道德的事，受过训练的人，绝对不许如此！常见有许多军人，未受过训练的军人，赴铺中买物，往往走入柜台的里面，既妨害人家营业，又陷自身于嫌疑之地。柜台之内，为金钱货物堆积的所在，我们绝不可入内！

以上所举数例，不过就其较为显而易见者言之。总之，新旧军人，一举一动，处处不同，不暇逐一缕述。希望我们弟兄们本此宗旨留心做去，使人家一望而知我们为纪律之师，救国之师，才不愧为新军人、革命军人呢！

在南口战役阵亡将士追悼会上的讲话

1928 年 7 月 9 日

死为人人所不能免,然而死有重于泰山,有轻于鸿毛者。我南口战役阵亡将士,可谓死重于泰山矣。其死之日,固无意流芳百世,然今竟名垂简册矣,非所谓为国牺牲死有余辜者耶?忆昔我军在南口苦战时,吴佩孚倾巢北上,而南方革命军得以乘虚袭取湘鄂,打倒军阀,铲除万恶势力。及南口失守,吴佩孚为救援后路计,转而图南,对于我军,未得穷追,使得从容转进整理,是北伐军若无我军在北,固一时未必得胜;而我军如无北伐军在南,亦早已葬于五原之黄沙蔓草中而无今日矣。所以今日开会,一面固为纪念已死之朋友,而另一面则对援救我军之北伐军,尤不能不深致其感谢之忱也。夫革命军之目的,非为求中国之自由平等乎?然不平等条约尚未废除,经济压迫尚未解脱,三民主义尚未实现,目的未达,责任仍在,甚望大家继续努力也。尤有进者,今日到场之人,对于阵亡将士,非亲即友，乞转达诸烈士家族，凡阵亡者，无论官长兵夫，其父母即我辈之父母，其子女即我辈之子女，誓必竭力相助，使老者得养，壮者得业，少者得教，绝不辜负烈士于地下，息壤在彼，绝不食言。今日来宾辱临，愧无招待，只好冯某代表阵亡将士之家属，向大家致谢而已。

在南京对中央陆军学校
及陆军军官团讲演

1928年8月4日

各位同志：

刚才我们的蒋总司令，在这里主持，说欢迎兄弟和李总司令李主席的话，在兄弟个人实在觉得不敢当得很。不过很难有一个机会和大家在一块儿见面，所以很喜欢同各位谈谈。

在全国最有名誉，最有价值，在中国革命史上最光荣的黄埔的一切朋友学生，今天能够在一块儿见面，在自己觉得是最荣幸。今天同大家所谈的，不是什么面谀和夸奖，而是实实在在很诚恳的谈话。

我们的国家被帝国主义和军阀重重的压迫，使我四万万同胞抬不起头来。我们过的日子，真是叫苦连天，连猪狗都不如。现在光景渐渐地好了，青天白日旗帜已经过北平、天津，虽然东三省日本人在那里阻止我们，山东省被日本占据，但是我们相信帝国主义一定是会打倒的，不平等条约一定是会取消的。我们的情形，总算一天比一天好。这是什么缘故呢？大家都知道是总理三民主义唤起民众的力量。为三民主义拼命牺牲努力，最有成绩的是谁？就是黄埔的一班朋友学生和一切北伐的军队，他们是拿血换来今日这个局面。黄埔的学生从广东打出来，把全国的黑暗扫除了，到处可以见到青天白日。这种丰功伟绩，兄弟虽不愿意说客气话，但是见面时，不得不称赞各位敬佩各位。在长江以北的人民、军队，几年来虽然同军阀作战，从南口之役以后，我们的军队被人家打得落花流水，片甲不留，幸而我们的主义，还可以战胜敌人。从广东打出来的军队朋友，救了国家人民，不但救了国家人民，连玉祥个人都救了。这是兄弟诚诚恳恳要感谢各位的。

现在军事工作虽然做了一个小小的段落，但是革命并没有完全成功。黄埔军官学校的朋友们，你们努力的效果有了，成绩有了，然而来日方长，你我的责任更加重大了。我们应当在总司令指导之下，更应当诚诚恳恳地担负起革命的责任，完成我们未了的工作。

各位都知道，××帝国主义在山东杀了我们的军民三万多人，男人枪决后又剖腹挖心，女人未杀以前，先行奸淫。这是什么人干的事？这是××帝国主义的军队干的。更残忍的，把四五岁的孩子，倒提起腿，死了几百，一批一批地摆在那里。死了的是什么人？是中国的老百姓！中国的百姓是你我的什么人？是你我的主人。帝国主义者这样的凶恶，你我的责任是卫国保民。我们都是不耕而食、不织而衣的人。我们的衣食，是谁给我们的？是老百姓给我们的。我们的主人被强盗奸淫掠夺，我们当仆人的应当怎样？普通的人家，养一个猫，养一个狗，都有它看门捕鼠的责任，老百姓养了这样多的兵，难道说就等着亡国不成？我们的主人终日劳苦得不得了，甚至于连树皮草根都摸不着吃。老百姓受苦到这样的田地尚且要养活我们，我们到底尽了保护国家的责任了没有？尽了当仆人的义务了没有？我们实在惭愧得很！好朋友们：我们说到这里，觉得不革命不独不能救国家，更是不能救自己。希望你我担起应尽的责任，勇往直前，实现三民主义，取消不平等条约，这都是我们的责任。不管它有什么样的困难，如果大家团结起来，应当同心协力，诚心携手：尽我们自己应尽的责任。这是兄弟所希望各位同志的第一点。

现在要继续说的话，是关于带兵的话。因为兄弟听说各位一半从前带过兵的，一半将来要带兵的。兄弟是个现役的军人，奉令向中央来报告，诸位将来仍然都要带兵，兄弟把带兵的经验，就自己所知道的，略略贡献给各位。中国的兵书，真有不少的名言，孙子十三篇开宗明义即说[的]是"道"。"道"的解释，即令民与上同意，可与之共生同死也。换句话说，即先要得兵心。要得兵心，才能够叫兵不怕死。这话真显明得很，清楚得很。兄弟以为带兵的道理，千言万语，最要紧是得兵心。如果不能得兵心，不管你学科如何的好，术科如何的好，对于兵心得不到，什么危险都来了。如果有兵而得不到兵心，其害则甚于无兵。天天教他瞄准，但是他打起仗来的时候，他就会向连长瞄准,这是万分的危险。

本来如何才能得到兵心,是一件很难的事。我们的先贤说:带兵的人,要注意"三礼""二要"。先贤说了很多关于带兵的话,归结的道理在"得兵心"三字,"二要"是什么?就是兵釁未熟,将不敢食。兵未入舍,将不敢入室。即是兵的饭未熟以前,当官的不能先食。兵未进房屋时,官长不得先进房屋。这是什么道理?这就是得兵心道理。"三礼"是什么?是雨不张盖,夏不挥扇,冬不服裘。因兵苦无扇无伞无裘,带兵者要与兵同苦也。

现在我们的国家,因为财政困难,决定实行裁兵,但是国家不能无兵。我们所要裁的兵,是老弱残废,不堪训练的兵,同时我们还要训练保卫国家的精兵。古人说:国无论大小,好战必亡,国无论强弱,忘战亦必亡。从前德国的失败,就是好战的结果。满清末年的柔弱,是忘战的结果。所以在裁兵时,人人当要明白不能用的裁去,好兵是国家的保障。

好朋友们:有许多的外国人说了许多好听的话,那都是骗我们的话。什么是人道呢?人道在哪里?大街上的汽车电车马车东奔西驰,见的[是]汽车道电车道马车道,而人道挤在一线的墙檐底下。如果我们国家没有兵来做保障,他随便杀你打你,割地赔款,这还是什么人道呢?他们只知有刀道、炮道、枪道,人道究竟是什么东西?英国满嘴的讲民族自决,有人向他说:你对印度的自决怎样?他一定说:印度人脸儿太黑,不能讲自决,这自决的话,是对你们西藏讲的。日本人满嘴的民族自决主义,有人问他对高丽的自决怎样？他一定说：我们不讲那个，我们讲的自决是指东三省和内蒙古，使那些地方如何才是我们安全的领土，受我的管辖，那才是日本人自决呢。他们一面高唱缩小军备，一面连夜造枪造炮；一面讲的是和平亲善，一面在广州上海到处杀人。好朋友们：我们不能听他的欺骗话，只有自己撑起两根硬骨头，来保护我们的国家，我们的民族，然后拿我们的力量来扶助弱小民族，主张民族自决。

末了的话，就是希望各位带兵的朋友对于"得兵心"办法，时时刻刻地去研究。从前带兵的人，只知道骄纵淫逸，安富图尊荣。如像满清末年，张勋、王怀庆一伙看坟卖狗肉的东西，都在那里当起带兵统领，这种人不但不会得兵心，并且连东［西］南北的方向都摸不着，你叫他如何来保国卫民！

好弟兄们：说话容易实行难。你我应当诚诚恳恳地共同团结起来，为三民主义奋斗，为三民主义牺牲。不平等条约一日不取消，新中国一日不建设起来，你我的责任不了结。今天很热，和各位谈话止于此，希望各位指教。

在中央党部国民政府
欢迎席上之演说

1928 年 8 月 4 日

各位同志，刚才听了组庵先生所说的一席话，真是叫兄弟惭愧极了。玉祥今天能够和中央党部国民政府诸委员和总司令部的朋友们在一块儿见面谈话，自己觉得非常的荣幸。说欢迎的话，实在不敢当了。玉祥乘这个机会，把过去的情形，和各位同志谈一谈。民国十三年起义以来，打倒了吴佩孚，活擒了祸国殃民的曹锟，驱逐了帝制的种子溥仪，并请总理由粤北上主持大局。但是一般卖国贼从中多方阻碍，总理开国民会议和取消不平等条约的计划，于是竟未实现。当时帝国主义的走狗卖国军阀势焰益张，玉祥也就僻居西山。后来总理教玉祥到张家口去，卖国军阀因为玉祥和总理的关系，更加怀恨，在天津、北京、南口等处与反革命决斗一年之久，后来不得已，退出张家口、大同、包头，屡次作战，阵亡官兵达一万五千多人，伤三万人。这种失败，不是别的，就是玉祥个人不学无术、不善办事的失败。十五年九月十七，玉祥从俄国跑回五原，就职誓师，承奉中央命令，在党的指导之下，努力杀贼，从宁夏、兰州、平凉、西安，一路和右任先生一面指挥同敌人作战，一面和右任先生学习革命理论与方法。沿途冰天雪地，既无衣食，又无枪弹，路上好多的兵士都把脚冻掉了，甚至于冻死了。在这种艰难困苦中，幸赖党国声威和一般官兵的奋斗，在甘肃消灭了吴佩孚的走狗张兆钾、孔繁锦、两镇守使；在长安解了八月之围。出潼关后，在豫西一带和敌人血战十余日，才得会师郑州，又会议于徐州，继续北伐。当时河北敌人异常凶猛，在彰德、卫辉一带血战甚久。到后来靳云鹗、李振亚叛变，费了许多力量解决清楚。去年冬天，张宗昌、褚玉璞、孙传芳诸逆以全力反攻徐州，进逼兰封，肉搏的结果，攻破了敌人。直到本年，蒋总司令打破了山东，彰德的敌人渐次退却。但是驱狼来虎，山东省城及胶济路一带被强暴的日军占去了，到如今还在帝国主义的手里。兄弟是带兵的人，自己的国家闹成这样田地，这实在是对不起本党，对不起政府所希望于兄弟的盛意。在这一年的中间，阎总司令以一省的军力，对付热河、察哈尔、绥远及直隶的敌人，真是打得精疲力竭。到现在总算我们把敌人消灭了，这实在是党国的威力和士卒奋斗的结果；能够有今日的局面，都是三民主义的力量。组庵先生说了许多嘉励的话，实在惭愧得很，担不起今天隆重欢迎的盛意。

　　玉祥今天在这里用饭，在这隆重盛大的一个宴会里边，组庵、协和先生说：我们的生活，现在要力求平民化，务求节俭。这很值得我们敬佩到万分。我们革命的政府党部，负的责任是救国救民，所以自己时时刻刻要为老百姓打算。老百姓是我们的主人，我们的主人在那里连树皮草根都摸不着食；我们是百姓的公仆，公仆当然不能一衣千金，一食百金，过个人［享］乐主义的生活。一文钱都是百姓的血汗，一珠的汗一滴的血，都要用在老百姓的身上。张作霖、张宗昌们祸国殃民，挥霍民膏民脂，那是卖国军阀的本［来］面目。我们的党和政府，时时刻刻为老百姓打算，为老百姓谋利益，生活一天一天地向俭朴的路上走，这实在是中国革命前途的绝大的光明。

此外玉祥对于我们的党有点意见谈一谈。关于党的一切理论策略办法，自然有党内许多先知先觉的同志去阐扬指导，玉祥除了遵守奉行之外，再没有什么话说。不过默察党里有一个危机，就是党员与党员中间隔阂太多，有许多话不肯当面批评，只在背地说长道短，因此一切的误会都发生了。我们的人应有闻过则喜的精神，谁知谁有过错，谁就应当面说出来。说得中肯，当然随时要更改，即说得不十分中肯，不算什么一回事。总而言之，党员与党员之间，能批评和愿意接受批评的，多是党员的好态度好精神。有许多同志往往说，我们党员自己过错不应对人家宣布。我以为有许多的事，应该公开批评和承受的，无隐讳的必要；也不要怕社会上人知道党员的过错。有许多限于秘密的惩戒，当然可以不公开。国民党人不应当对于自己太宽恕了，我以为党员稍有过错，不但不应当减轻罪名，而且应加倍惩办。这样才可以把党的信仰建设起了。现在党内因为分子的复杂,有许多的假革命派窜进党来,他的目的是在借国民党升官发财,这样少数的败类,影响到我们党的本身。许多不明白本党内容的人们,因为少数假革命分子的卑污,人家就当我们国民党就是个人升官发财的一个党呢,几乎变成了国官党。甚至于军队在前面打仗,而假青天白日的党员抄袭后方。这种行为,还说他是国民党的老同志。这种冒充革命党员,如果不彻底清除,实在是党里危机。国家的糟糕,都因是非不明,赏罚不严之所致。玉祥个人主张,党员有犯过错的,一点儿不能含糊,这样才把我们党里的纪律表现出来。纪律重严,才能担负革命的责任。所以我们应当在办法上,公是公非上做功夫,我们的前途才有办法。

其次就是党员经济待遇的问题。我们的国家穷困得民不聊生,革命的人只能讲衣食住的够用,不能讲衣食住的优裕,党员生活应当越俭朴越好。我以为,在同一个机关做同样的事,对于党员的经济待遇应当刻苦一点,对于非党员的经济待遇可以优待一点。凡是劳苦的事务,应当党员以身作则地先做,如此我们的国家才渐渐有希望。反过来说,党员不刻苦自己,只讲个人享乐主义,你说话他不听,下级党部不服从上级党部命令,处处表示出个人的行动,而忘却了党的行动,这实在是我们党的前途的大危机。玉祥今天以党员的资格,对于党的意见如此。

再次玉祥对政府清苦耐劳的精神非常敬佩。对于任怨的仍希望各位先生加倍奋斗。只要我们所作所为的事都是为国打算，一切困难我们都在所不计。我们中国现在所缺乏的，不一定是金钱，最缺乏的就是做事的人任劳任怨的精神，所以我们党与政府处处应当在勤俭劳苦上下功夫。

怎样纪念"九一八"

1933年9月

九一八事变至今已两周年了,虽然表面上仿佛呈现了升平气象,然东三省失地,固然未曾收复,反失掉了热河榆关。《塘沽协定》成立后,栾东名曰接收,而日人干涉剿匪。兴隆县所属地在长城线外者,日人亦不许过问,公开表示长城线为"满洲国"界。这些都是各报上已载的显然事实。这些事实,确切证明现在的困难,比去年的今日更深了。而一切反应愈加沉寂。抵货、备战、抗日等说,俱如烟云一般地渐渐幻灭了。这实在是我国的大危机。

在失地未规复以前,凡我国民均应负有抗日的责任。负有国事重责者,更不用说了。不管抗日的方法是怎样,"长期抵抗"也好,"一面抵抗一面交涉"也好,总之不可把"抵抗"两字抛弃。而"抵抗"二字,更重在实行,须有事实摆在同胞的面前。不然,必形成以"抵抗"为口头禅,徒自欺人耳。我是自始至终主张抗日的,尤其主张武力抗日，所以我必须实践我的主张。在平津危急之时，我在热河的爱国心的驱使，不度力量不避艰危，收集志士，以求与日伪一战，期由保全察境、收复失地，以为天下倡。经数次血战，伤亡忠勇战士达一千六百余人，幸将宝昌、康保、沽源、多伦等地先后克复。致引起日伪汉奸诬我以赤化割据等名词，企图扰乱国际视听，及启我国纠纷。我为避免一切计，不能不退而听政府实施其整个计划。所以于八月六日将一切军政等权，完全交与政府。可是在这实际的抗日奋斗中，我得着了几点认识：

一、民众与士兵确是志切抗日的。在国难严重期中，而抗日空气反为沉寂，于是便有责难一般民众与军人者。其实不然。民众与士兵确为爱国者。此次收复察东，在食宿无所的荒漠中，抗日同盟军无往而不受民众欢迎与帮助，或做我军向导，或扰乱日伪军后方，莫不争先恐后。至作战之同盟军，由各零星抗日部队临时编辑而成，衣食不周，械弹俱缺，处淋雨之中，徒步荒漠之野。然一闻进攻之令，靡不奋身效死。可见军心民心，俱有抗日热忱。其抗日空气所以消沉者，不过未与以表现之机会耳。

二、抗日战争须有计划，指挥统一。长城战役，我数十万大军非不奋勇，然而失败者，无计划指挥统一，恐为一大原因。此次克复察东，我兵力不及长城战役者甚远，且亦系各军合组，非某一个整个系统之军队。然而奏效者，其原因固多。如就作战而论，即较为有计划，而指挥统一也。

就以上观察，抗日空气虽沉寂，而民众爱国之心并不淡漠；抗日之战虽失败，而并非完全不可一战。政府屡云抗日自有计划，当为我全国同胞所馨香顶祝，似乎于国难危急，并非无自救之道，所重者在实行耳。

所以我们现在纪念"九一八"，不在乎口舌之辩。应当抗日，已为国人所共知。今后当在大家确定抗日方法，身体力行，纵然有若干顾虑与障碍，只要能够力行不懈，尽一分抗日力量，自有一分抗日成绩。不然，事实昭然，即善于自辩，亦不能饰其非也。过去我对于抗日计划，向政府已有屡次的建议，各界人士，亦有不少的名言谠论。可是现在，失地愈多，国势愈弱，而"九一八"纪念已到了两周年。所以我以为现在纪念"九一八"，是在"抗日的实[行]"。凡是我以前说过的话，如整顿国防、收复失地、抵货等，就不再重述了。不过实行抗日期中，武备固然须当讲求，而政治方面尤应刷新。在民众方面，应当本大无畏的精神，互相团结，监督政府，共除汉奸，以达到抗日精神。在政府方面，对民众应当使其尽量发表抗日意见，尽量发展抗日力量。对外交财政，均须完全公开，而后可释群疑，可得民众之拥护。对国民经济，应力求复兴，不可任帝国主义漫无边际之经济侵略，或甚至代其畅销剩余商品。对政治应力求清肃贪污，整饬纲纪。此皆目前必须之最低限改革。不如是，国将不国，何足以言抵抗？纵有最扩大之会议，最冠冕之演辞，亦不足以纪念"九一八"的。而"九一八"之耻，将年甚一年，直至卷入世界第二次大战中，随国家以俱亡。吾辈纵发言盈庭，亦于国奚益！所以纪念"九一八"，须在"抗日实行"。

国难与中学生[①]

1936年1月1日

今天我能够和这么多优秀的青年们见面谈话，我觉得非常的高兴。恰巧今天又是民国廿五年的开头，"一年之计在于春"，所以我能在这个一年计划开始的时候贡献诸位一些意见，我自己觉得有很大的意义。

诸位的家长父兄，都是为革命牺牲的先烈。为改造社会，他们奋斗，流血，尝尽了艰难困苦，最后还抛弃了诸位，抛弃了他们自己的生命。但是他们的死是伟大的，是有代价的，是受全中国国民的尊敬的。所以诸位能在这遗族学校里读书，是件最光荣的事；国家对诸位，也特别抱更大的希望，而诸位也应该特别努力，做一般青年的表率。

尤其是我们现在所处的时代，比诸位父兄所处的时代更复杂得多，困难得多了。根据一般进化的原则，后辈也应该比前辈更加前进，所以诸位父兄的成绩，是诸位和我

[①] 本文是冯玉祥在遗族学校发表的演讲。

们大家的良好模范。我们要用他们的事业当作基础，更勇敢不懈地去努力，才能够应付我们所处的艰难复杂的环境，也才能算对得住诸位父兄轰轰烈烈的死难。

的确，看看我们眼前形势，我们就知道，诸位父兄希望中的中国还没有能够实现。拿外患来说，我们有许多失去的领土等待收复，我们有许多同胞等待拯救。拿内忧来说，政治、经济等等各方面的问题都亟待解决。所以我们眼前的路是一条更艰难困苦的道路，需要我们更不断地奋斗和努力。

不过，"多难兴邦"，这是一句很值得我们深思的话。我们的环境越是艰难，我们的道路越是崎岖，越是我们求改革，求进步，求发展的好机会。所以，只要我们奋斗、努力，中国的前途是光明的，是有希望的，诸位父兄希望中的中国是一定会实现的。

诸位现在在学校里，当然最主要的工作是读书，是研究学问，尤其是有计划地有目的地去研究学问。我们要时时刻刻想着，我们读书的目的是为的服务社会，为的救中国，为的抵抗强暴的欺侮，绝不是借读书来抬高自己在社会上的地位。除了读书以外，锻炼身体也要经常注意，因为有了好的身体才可以把一切事业、一切御侮救亡的工作好好担负起来。

此外，我还想到很重要很容易做的事，就是诸位最好每天能用一两个钟头的工夫，读读报章杂志，以便明了我们所处的环境，知道世界的大势；知道人家怎样的压迫我们，欺侮我们；知道我们危险的境遇。这更会勉励我们向前求进步。

读报章杂志的时候，要注意重要的新闻和材料，要有批评的眼光，知道哪些消息和意见是对的，哪些是不对的。读的时候不要间断，最好还能够分门别类地剪贴起来。这样，自然能够得到有系统的新鲜活跃的知识。有不明白的地方，可以请求各位先生讲解指示。

以上三点，都是些老生常谈。这些意见也并没有什么新奇的地方。是否有用处，全看诸位实行得怎么样了。

今天是民国廿五年的开头，也就是西历1936年的开头。日本人把1936年当作恐怖的一年，当作爆发世界战争的一年。在我们这个被压迫的国度里，对于这一年自然更应该警惕。我们想到这未来一年中中国将要遭受的磨难，我们越发要追念死难的烈士，越发要怀想诸位的父兄，也就越发希望诸位能够努力求进步，来应付这更艰难更复杂的环境，来完成诸位父兄未完成的伟大事业。

在金陵大学的演讲

1936 年 2 月 24 日

诸位同学：

在国难这样深重的今天，我有什么话同诸位讲呢？九一八以后到今天，我们三千三百七十万［平］方里的国家，已经丧失了四百万［平］方里的土地；我们四万万三千八百万人口的民族，到今天有四千多万同胞都做了奴隶！拿我们失去土地来说，相当于三个半四川，十二个江苏，十三个浙江；和外国比起来，又相当于三个日本，四十个比利时，和抵抗强敌的阿比西尼亚比较，也还要大一倍半。拿我们受苦难的同胞来说，数目等于阿比西尼亚人口的四倍，相当于意大利本部人口的总数，相当于日本人口的三分之二。拿失去的富源说，我们失去了百分之九十三的煤油产量，百分之八十的铁矿藏量，百分之七十的大豆，百分之五十的金矿，百分之四十的铁道，百分之三十七的出品贸易，百分之三十七的森林，百分之三十六的煤矿产量，百分之二十三的电力，百分之十五的食盐。所以，我今天没有什么别的话同诸位说，我选择的题目就是《国难与大学生》。

诸位同学，你们都是国家顶优秀的青年，是国家和社会将来的主人翁。特别是在这样危迫的中国，青年更不得不担负非常艰苦的工作和责任。有的人说："青年人的唯一任务就是读书。"这句话在原则上一半是对的。因为只有在青年时代求得了充分的学识之后，他们才能在社会上做事情，为国家社会服务。但是进一步来研究，青年人只读书是绝不够的。书本上所能告诉我们的只是从前人的经验和过去文化的积累。这些固然都很重要，但更重要的却还是认识我们当前的环境，认识我们求学的目的。

以上，还是仅就平时青年人所应该完成的任务说的。事实上，我们中国现在正在国难日益深重的时候，其严重的程度，我在第一段已经说过了。所以正如同我刚才所说的，诸位青年在今日的中国，是有更艰苦的工作和责任要担负的。

所谓更艰苦的工作和责任，简单地说起来，就是救国的工作和责任，也就是收复国土，抵抗敌人侵略的工作和责任。

不错，爱和平是人类的天性。我也深信人类应该过着亲爱而和平的生活。然而四年多悲痛凄惨的事实，却很清楚地告诉我们，为求永久的和平与人类间的亲爱，只有先消灭了世界上的侵略者才有可能。我们目前的忍耐与爱好和平，只不过使敌人一步紧一步地掐住我们的咽喉，致我们最后的死命。少数强盗,少数和平的敌人,不但想剥夺占人类四分之一的中华民族讲和平的资格,而且把我们四万万三千八百万同胞看得连猪狗都不如,根本想夺去我们在地球上的生存权。诸位同学,我们为保持我们的山河,我们为求能生存和发展,我们为能满足四千万眼泪汪汪望着我们求帮助的被难同胞,我们为能求得人类永久的真正和平,我们只有一条路,和阿比西尼亚人一样,一致起来抵抗侵略我们的敌人!

不过,这自然不是说,诸位马上就完全丢开书本,扛上枪杆,去和敌人拼命。在战场上和敌人拼命地工作,主要的是政府和军人的责任。过去四年多,抗争的机会已经空空放过了。今后,政府和军人应当努力把这个责任来完成。可是青年是国民的一分子,抗战是全国民的天职,这样说来,诸位也有"执干戈以卫社稷"的本分。不过,中国现在在校的大学生只有四万多人,换句话说,一万人当中只有一个人有入大学的机会。所以,诸位比普通国民所负的救国责任还要重大。这就是说,诸位要利用诸位的知识去研究、讨论并宣传御侮救亡的工作。

第一,诸位在研究功课的时候,我觉得必须要同抗敌的中心目标联系起来。学政治、经济等科的同学不用说,就是学自然科学的同学,在试验室里工作的时候,也需要注意到,怎样才能使自己的研究对御侮救亡的工作有贡献。学文学的,也最好时时刻刻想到怎样去描写出被压迫的中国民族要起来反抗压迫者的情绪和实况。这样自然仍不够,还要经常地读报纸,组织读书会、讨论会等,研究抗敌的政治、经济、军事等问题。

　　第二，中国的国难不是少数人可以挽救的，必须教育全国国民共同抵抗，中国才能起死回生。所以研究和实行抗敌的国民教育，我觉得诸位是最重要的干部人员。

　　第三，抗战不是一句空的口号，是要用真实的行动去换来民族的自由。所以，关于抗战的技术，现在就要开始学习。譬如防卫作战的技术、医药救护、运用交通工具等等，都需要积极努力地去练习。

　　总之，国难是一天比一天地深重，我们的国家能否得救，就要看我们每个中国人的努力程度如何了。

在金陵女子大学的演讲

1936 年 3 月 1 日

明末顾亭林先生曾经说过一句很有名的话，大家都知道是"天下兴亡，匹夫有责"。顾先生在明朝灭亡的时候，喊出民众捍卫国家的口号来，到今天，我们还亲切地感觉到这句话的深长意义。不过，到底因为时代进步了，在今天，我们就觉得顾先生的意见还有不完满的地方，那就是把救国看成男子专有的责任了。

……

尽管真正的男女平等和妇女到社会去还只是一个将来才可完成的事实，但至少这应该是我们现在努力的目标。因为改造社会是男女共同的责任和本分。妇女锁在家庭里，根本没有方法直接参加改革社会的工作，而男女不平等，则妇女自身的地位都没有方法改善，更谈不到其他了。

妇女要能和男子共同担负改造社会的责任，第一，要在知识方面能和男子站在一条水平线上。过去有许多人以为妇女的生理和心理方面都不如男子健全，所以知识水平也必然要比男子低。这种说法已经被许多事实所否定。譬如在苏联，就有许多的女外交家、女科学家、女法官、女教授、女技师、女飞机师等，工作成绩往往在男子之上。可见只要有好的求学环境，女子的知识水平绝不在男子之下。在中国，现在还没有能够创造大多数女子都有求知机会的环境。诸位可以说是中国知识妇女界的中坚，希望能在妇女教育普及化方面多多筹划和努力。

第二，妇女要能够担负起改造社会的任务，要有健全的身体。过去中国社会因为把妇女看作玩物，所以让她们缠足束胸，弄成了病态的身体。现在都市中的青年女子，大都能够废除这种陋习，但可惜穷乡僻壤还一时改不了这恶习惯。这还需要我们以身作则地深入乡间去宣传和教育。

我主张男女平等，主张妇女到社会去。但绝不是说，妇女可以完全抛弃家庭的责任，抛弃治家和管理子女的责任。不错，一国儿童的教养，将来全应归政府负责。公共食堂、公共宿舍、托儿所等大规模的普遍建立之后，也就无所谓治家的工作。但在这过渡期间，妇女仍须尽可能地担负治家和教育子女的责任。甚至于苏联也不完全否定家庭。我们不主张把妇女锁在家庭里，但是我们也不主张毫无条件地抛弃家庭。

……

我们今天的题目是"国难中女青年的责任"。我们现在就回到题目上来，谈谈国难期间女青年第一条的大责任是什么。

简单两个字说，女青年国难期间的第一条大责任便是"抗日"。从改造社会方面来看，中国社会目前最严重的问题是如何推翻敌人的压制，如何求生存的问题。所以，妇女界要想对社会有贡献，第一就要向有利于抗日的方面做去。

从治家和教育子女方面来看，这本来就是妇女界较次要的责任，但即比较次要的责任，也只有抗日的工作完成之后，才有它的意义。国家根本在危殆之中，家治得好能有多大用处？四万万五千万同胞都要做奴隶了，还谈得到什么子女的教养？

那么，为抗日工作，妇女界尤其是女青年们可以做些什么呢？

第一，应加紧救护看护工作的训练，此点不用多加说明（如各国妇女都戴防毒面具、参加防空演习）。

第二，应从事于军需业及产业技术的练习。欧战期间，各国劳动力感觉缺乏，于是动员妇女到工厂去。计英国当时所有工人，平均四个工人当中有一个是女性；法国三个工人当中有一个是女性；德国两个工人当中便有一个是女性。中国虽然工业不发达，但战争爆发后，为维持军需及民食，直维持至最后的胜利到来时，许多生产劳动，必须交给妇女去担任的。

第三，救国不是一个人两个人的事体，唤醒同胞起来救国，尤其在唤醒女同胞方面，女青年实负有极大的责任。

最后，女青年们应受极严格的军事训练。北伐时，国民革命军中有好几百受过军事训练的女革命军。历史上的花木兰，更是我们的好模范。欧美各国妇女从事射击的练习，成为一种时尚。又如苏联规定志愿兵由17岁到45岁，女子也包括在内。我在苏联旅行时，曾亲眼看见苏联的女兵在军乐洋洋中很有精神地行进哩！

以上拉杂地说得很多，就此结束。希望在抗日战争中中国女青年能做出轰轰烈烈的功绩来！

在步兵学校的演讲

1936 年 4 月 29 日

在国难严重期中,一般知识分子对于研究学术有两种不同的态度:

一种人以为研究学术即不应过问国事;另一种人以为国是如此,只有投身救国工作,哪有工夫与心思去研究学问。

这两种说法各有见地,但我以为不够。因为,救国与研究学术是不可偏废的。

第一,学问原以"致用"与"济世",若抛弃足以致用与济世的意义,那种学问便是幻想,是无用之物。况且"天下兴亡,匹夫有责",若研究学问的人,都置国家的危亡于不顾,那么国事还可望好吗?所以研究学术的人,必须要留意国事,尤其是救亡图存的事,更非过问不可。

第二,若置学问于不顾,而只参加救国运动,那么必至于只有爱国热忱,而不知如何才能救国。因为处理国家大事，当非常之变，更非有高深的学问不可。所以热心救国的同志，更须努力研究。

我国地大物博人众，为什么还受人欺侮呢？其原因就是我们的"智"不如人。据中山先生的分析，智的来源有三种：（一）由于天生的；（二）由于力学的；（三）由于经验的。拿第一种来说，我国人的智力，天赋并不薄，一般在国外留学的类能道及。所以，我们缺乏的在乎"力学"与"经验"。要增进知识，补充这二点缺憾，非努力研究学术不可。从研究当中，第一可以得着古人积累的许多经验，第二可以得着许多新知。

现在我们准备抗日期中，更需努力学问不可。日本人敢于毫无忌惮地侵占我们的东北四省及察北、冀东等地，敢于不畏一切的走私，敢于随意在我国境内增兵，敢于毒化我国，敢于随处挑衅，敢于在国际间侮蔑我们，说我们是无组织，不成为国家，……这等等痛心的压迫、侮辱和掠夺，都是以为我们的知识不如他！人才不够用，一切"应办""必办""能办"的事，都办不到，所以任其蹂躏。这是多么痛心的事！

现在举国上下一致的，都以为非抵抗不可。政府正在努力准备。在这种时期中，我们任何一个国民，皆应有个人的抗日准备，——就是准备抗日的充分知识！不过这个准备时期，论理是绝不会很长的，绝不能像平时那样，有充分的时间，做从容的研究。所以，积极准备抗日期中，研究学术的条件：

第一，在乎加倍努力即加速度的学习，至于平时的研究方式，像学者一般的纯理论的探讨，现在已经为时期与事实所不容许。

第二，要从合乎实际应用者入手。例如研究自然科学者应马上研究与国防有关者；研究军事者应当研究以弱敌强的新战术；研究社会科学者应当注重于战时社会动态的各方面。

第三，要研究如何激励举国上下的抗日精神，而谋有以实现之。诸位是在积极准备的抗日期中来此学习的。我相信诸位抗日的热情一定是很浓厚的。但是诸位的责任还要进一步地推己及人，使全国同胞个个都有大无畏的抗日精神；而这种精神，又都能实际地运用到抗日上去。我以为"我们能不能抗日，就在抗日精神是不是坚实"。有些朋友们顾虑到物质方面我们不如日本，尤其是新武器方面，相差甚巨，其实这种顾虑，中山先生在《军人精神教育》一文中早已解释明白。他说："总括宇宙现象要不外物质与精神二者，精神虽为物质之对，然实相辅为用。"又说："专恃物质，则不可也，今人心理，往往偏重物质方面。"彼举北伐与武汉起义为例说道："若言北伐，非曰枪支务求一律，则曰子弹必须补充，此外种种武器，亦宜精锐完备，一若不如是，则不能作战者。自余观之，武器为物质，能使用此武器者，全恃人之精神。两相比较，精神能力十居其九；物质能力，仅得其一。何以知其然也。试以武昌革命为例，当日满清之武器，与革命党人之武器，以物质能力论，何啻千与一之比较……"总理的这一段话，很足以显示物质缺乏的我国不必自馁，须知精神之重要。况且第一次世界大战后，也有我们的好例在，苏联东方有日、美联军卵翼高尔察克；西方有英法联军援助蔡提肯。以物质来说，苏联的政府军，万敌不过高、蔡的帝俄白军，但胜利终属苏联。又如安哥拉的土耳其军，以偏安之局，敌有英国为援的希腊联军，而胜利亦属于土耳其。于是可见救国抗敌精神的伟大。所以，我希望诸位在积极准备抗日期中研究学术，必须注重抗日精神，使这种精神磅礴于全国同胞；使这精神，发扬为民族救亡的光荣战。这是诸位来此学习的责任，这是全国同胞的期望！

高级军官的两个条件[1]

1936 年 4 月 30 日

今天是诸位毕业的好日子,我能趁今天和诸位谈几句话,觉得非常高兴。

诸位从各处聚集到这里来,彼此一定已经交换了不少宝贵的经验,互相切磋,互相琢磨,更在诸位教官领导之下,共同研究许多新智识,这个期间,对诸位一定是可纪念的。现在诸位毕业了,在学业上说,诸位又完成了一个更高的阶段;在国家说,又训练出来了一些优秀的高级官长,在这个意义上,我要向诸位庆贺,向国家庆贺。

中国所以弄到现在这样的贫弱,知识的落后也是一个很主要的原因。我们想,从鸦片战争起,到现在将到一百年,每一次对外的战争,每一次对外的交涉,我们都遭受了惨痛的失败。失败的主要原因之一,便是吃了知识落后的亏。所以总理曾经说过:"革命的基础,在于高深的学

---

[1] 本文是冯玉祥在陆军大学辎重班毕业典礼上发表的演讲。

问。"诸位今天毕业了，已经有了作为基础的高深的学问，自然是可以庆贺的。

但是中国有句话，说是"学无止境"。诸位现在学程上差不多告了一个结束，但在学问上说，还有更多的知识等待着诸位去开发。多学得一点知识，就更发现自己学问的不够。古人说："学然后知不足。"这句话是非常正确的。希望诸位精益求精。这样，诸位虽然离开学校，知识的增进必然能够和在学校是一样的。

自然我这并不是说，要等到学问渊博、知识精深之后，我们才能够谈御侮、谈雪耻、谈中国的完全自由平等、谈民族的强盛和发展。正相反，敌人对我们的进攻，是一步紧一步，是不会让我们松一口气的。九一八以后，敌人除夺取了我们辽宁外；九月二十一日，开始夺取我们的吉林；十一月十九日，占据黑龙江省城，进而劫掠全省。二十二年三月更夺了我们的热河。二十四年一月二十三日，敌人又开始占据了察东，去年十一月敌人更在冀东一手制造出来另外一个傀儡政府；敌人会让我们从容预备而暂缓向我们的进攻吗？不会的。那么，我们的敌人也就不会等待我们在知识水平上，赶上他们之后，再来并吞中国的。所以我所说的求知识求学问，有一个前提，有一个目的。所谓前提，就是在不妨碍我们抗敌的前提之下，尽力求知识学问。目的就是，每一滴知识，每一点学问，都准备用来抗日，用来讨伐我们的敌人，用来恢复我们领土的完整，用来争取我们民族的独立。换句话说，在"国亡无日"的局面之下，我们应该取得的知识与学问，不是空洞的抽象理论，而要是活的知识，从实际战斗经验中得来的知识。我们现在要努力求学问，因为学问可以告诉我们如何才能更有效地去击退敌人，知识即是力量，就是这个意思。但是我们的学问是否真有用处？那只有在抗敌的行动上才能证明给我们看。并且只有在抗敌的行动中才能充实扩大我们的知识；没有抗敌的行动，抗敌的学问仍是空洞的，没有实效的。

诸位都将是中国的高级长官，所以最后我想和诸位谈一点做高级官长所必须知道的要诀。我说要诀，因为这并不是什么高深的学理而是需要去坚苦力行的。具体地说，便是"与士卒同甘苦"六个字。中国由于经济的落后，士卒生活的困苦是我们亲身经验过的。一方面虽然他们的生活是这样的困苦，但几年来受了敌人不断的侮辱，他们的愤激，一定会使他们在抗日战争中勇敢地去和敌人拼命。但为指挥统一，上下同心协力去应付敌人，除了尽可能改善士兵弟兄的物质生活外，还要我们做官长的同他们吃同样的苦，过同样的生活，使他们对我们有信仰，我们对士兵有认识，然后才能保障抗敌战争必然的胜利。从今天以后，诸位要离开学校，各自到部队中，或者到军事机关中去服务了。希望诸位能够在我刚才所说的前提与目的之下，去深究学问；互相之间，能够常常交换知识，交换意见，交换救亡图存的具体主张，如同在学校里一样。末了，让我们共同为"抗敌御侮"而努力。

如何建立我们的自信和互信[①]

1936年5月12日

上一次的广播我说到：在我们整个民族最后关头的现在，我们应当把全部的物质同精神拿来争取民族的生存。全国上下，一切个人的意见以及已往的成见，因为民族危险的缘故，都应该统统放弃；一切自相冲突，自相抵消，浪费精力的行为，都因为急于救亡的缘故，把它停止。大家紧紧地团结起来，要团结得像一家人一样，要团结得像一个人一样。只有这么办，才能够"多难兴邦"，只有这么办，才能挽救我们整个民族的危难。

但是，要怎样大家才能消除一切的意见呢？要怎样才能紧紧地团结到一起呢？关于这个问题，我的回答是：一方面，需要我们大家对于求取民族解放的奋斗运动共同建立一个坚决的、不可动摇的信仰；同时，另一方面，我们大家彼此之间需要建立一个忠诚的坚定的互信，就是互相

[①] 本文是冯玉祥在中央广播无线电台发表的演讲。

信任。今天，我就在这个意思上，要同大家谈一谈。

我们的国家弄到现在的地步，原因当然非常复杂。对于这些原因，大家的看法往往不同，因之，也就缺少互信。另一方面，因为国难时期拖延得这样长久，它的程度又日益加深，于是使得有些人陷入一种失望和悲观的境地里面，觉得前途黯淡，难以挽救，这又是没有自信的表现。这两个现象，意义是非常严重的。这样的影响下去，我们对于民族将一天一天地失去自信；彼此之间，也不能紧密地携起手来，为民族解放而共同奋斗。现在，敌人无穷无尽的压迫，已经给了我们足够的教训。我们已经到了最后觉悟的时期。要觉悟，救大难，应先树立对民族自由平等的信仰；更要觉悟，救大难，要建立大家的互信。

我现在说一个历史上的故事给大家听一听。离现在二千二百一十五年以前，就是战国时代，那个时候有一个齐国，受许多邻国的侵略和攻击。其中有个燕国，在短短几个月中，占据了它七十多个城池，剩下的只有莒同即墨两个城，但不久也被燕国军队重重包围起来。现在只说即墨城。这里有一个小官儿，姓田名单（田就是种田的田；单就是简单的单，念"善"字的音）。这个人很有点才干同能力。即墨城的百姓公举他出来做军事领袖，负责守城。但是即墨这个地方城池小得很，百姓们看见敌国的军力那样强盛，恐慌得了不得，都各人打各人的主意；又看到自己国里抵抗力量的微弱，都觉得前途没有希望，大家都抱着一个悲观的态度。田单看见这种情形，心里忧愁，就想出许多办法来巩固百姓们的信心。第一，他教即墨城的百姓每天吃饭的时候，把饭菜摆出来先祭祖先。这个时候，天上飞过的鸟雀看见饭菜，都纷纷停留下来，不肯飞走。于[是]，田单就告诉百姓，说这是一个预兆，说不久天上当有神师来教导我们抵御燕军。他又买通了一个小兵，叫他扮作一个神师，让他告诉百姓，预言齐国一定要复兴；又说出种种应做的战事准备；又演述敌军对于齐国的暴行同虐待，比如挖掘坟墓，烧杀淫掳，借以激发百姓的爱国心，爱祖先的感情同思想。这样一来，百姓们个个愤怒起来，个个热心起来，愿意为国家拼命。田单于是把全城男女老幼都编成队伍，有的守城，有的帮忙防御工事，有的制造军械，有的出粮食，有的出银钱，真是万众一心，全体动员，军势大大振作起来。田单乘机会带领五千个壮丁勇猛反攻，一仗把燕国几万军队都打得落花流水，所有被燕国占去的地方，都由百姓自动地收复回来。

诸位同胞！这个历史的故事，是极有意思的。它启示我们：在国家濒于危亡的时期，全体人民必定要坚定地拿稳我们的自信，相信民族复兴是有把握的。在这个一致的信仰下面，我们万众一心，为了民族解放，誓死奋斗到底。一定要这样，不管形势如何危急，不管环境如何艰难，我们的国家总会有翻身的一天。自然，田单所用的迷信方法，在现在看来觉得可笑，而且是错误的；不过我们要知道，在二千多年以前，百姓的文化程度很低，他不能不利用百姓这个弱点激发他们，巩固他们。那么，我们现在应该怎么办呢？我有三点意思，说出来，请大家注意：

第一，我们要彻底地认识，现在的亡国，同过去历史上的是截然不同。现在的侵略者是帝国主义者。他们的残酷，他们的毒辣，绝不能用我们历史上的事件来比拟。现在亡国的惨痛同危险，也绝不是历史上更换朝代，更换皇帝所可比拟。许多的世界亡国惨史，才是我们的借镜。他们现在是没有半点自己的自由，更不能表示半点自己的意志。他们每天被人家当作奴隶，当作畜生蹂躏着，奴使着，鞭打着，屠杀着。那种猪狗不如的惨痛生活，我们应当时时刻刻记牢在心里，替他们设想，为我们自己警惕。我们得知道：现在我们唯一的活路，就只有为民族的解放而斗争！

第二，我们要绝对地相信，全国一致、万众一心的民族解放的斗争，一定能得到胜利。试看一百多年以前，美国的独立运动，同新近土耳其民族革命的胜利成功，就是最好的证明。在1783年以前，美洲还只是英国的一个殖民地，移住在那里的居民，受英国政府多少繁重课税的剥削，受多少不平等的待遇。十三州的人民忍无可忍，联合同盟，宣告独立，打了八年出生入死的血战，终究得到胜利，建立了他们自己的共和政府。再说土耳其。大家都知道，这是东方一个弱小国家。自从十九世纪以后，一百多年没有一天不在内忧外患交相煎迫之中。国内政治腐败，生产落后；外面，意大利、保加利亚、法国、希腊一步不放松地侵略它，攻打它，土地一天天地丧失，国势一日一日地衰弱。可是到了欧战以后，1920年，凯末尔领导的民族革命爆发，推翻了腐败无能的旧政府，在安哥拉地方成立了革命的政权把侵略者的军队一一驱逐出去，不平等条约一一废除，经过不断的奋斗同埋头苦干的结果，如今已经成为世界上极有希望的一个新兴国家。这就是告诉我们，只要我们在复兴民族的目标之下，比如不买一件于救国无用的外国货，不浪费一点于救国无用的力量，大家都肯为民族牺牲一切，学着美国人、土耳其人的榜样，发动广大的民族革命战争，国难是容易解除的，胜利是一定稳稳当当握在我们手里的。

第三，我们应当知道，国家危急到今天的地步，救亡图存是我们全体人民的责任，是我们全体人民的权利同义务。这时候最要紧的，一方面是努力唤醒民众，领导他们努力于救国运动。另一方面，只求救国大业的成功，抱着有功归人、有过归己的信念，那么，彼此之间，自然能互相原谅，互相依赖，互相督促和批评。能这样，我们的国家民族自然马上就能形成一个伟大的，不可侮辱的力量。

说到这里，我又想起战国时候信陵君的故事。信陵君原是魏国的一位公子，他因与国内当局的意见不合，跑到赵国去。后来秦国攻打魏国，魏王于是打发使者到赵国，请信陵君回去同赴国难。信陵君想起从前的事情，就不肯回国。信陵君有两位朋友，一个是毛公，一个是薛公。他们对信陵君说："你现在所以被人家看重的，就是因为有一个魏国在；假使魏国果真亡了，你也得做亡国奴，哪里再有名誉地位，哪里还有人再来尊敬你呢？"信陵君听了这段话，立刻觉悟起来。他觉悟到，个人意见的不同事小，国家的危亡事大，所以马上回到魏国，又连合五国诸侯的军队，到底把秦国打败，追到函谷关，解除了魏国的危难。

信陵君的故事，是一个正面的例子。我们再看看现在的犹太人，因为国家早已灭亡了，他们都流落在外国。他们中间，有很有钱的商人，有很著名的学者，也有很著名的政治家。可是，因为没有国家，就时时受压迫，受侮辱，受排挤，尝尽了亡国奴的痛苦。这又是眼前最显著的一个例证。诸位同胞！现在是我们国难严重之最后关头，我们全国上下，不论农、工、兵、商、学，这个时候，都应当在国家存亡利害的前提之下，不顾一切地携起手来，相亲相爱，共同为民族解放的目标而奋斗、而牺牲！

现在的时代，是一个要依靠群体的力量才能生存的时代。尤其是我们被侵略、被侮辱的国家，更只有全体一致地奋斗，才能解脱亡国的命运；只有坚决的抵抗，才能开拓光明的前途。所以我们全国上下，都应赶紧树立自救救国的坚定信仰，树立相互间的信赖。我们确切地相信：全国人民，甘心帮助敌人的，只是极少的少数。最大多数的人民和官吏，都是忠于国家，忠于民族的。即使他们的言论和行动，或许有过分或不及的地方，也都是有可以原谅的原因。我们只有在互相原谅的精神下，统一我们的意见，调整我们的步伐，集中我们的力量。我们国家和社会的组织，原来是比较散漫松懈的，所以更要坚强我们救国的阵容。我们的经济发展，原来是比较落后的，所以更要加倍地爱惜物力；一粒沙子，一块石头，都要用来打到敌人的要害上去。这样做下去，就是我们国家复兴的起点，就是我们民族解放最确切的保证。

我今天的谈话，到这里为止，希望我们大家互相奋勉，共同努力！

抗日救亡,匹夫有责[①]

1936年5月

民众抗日同盟军举义,转眼之间已到三年。第一周年纪念在烟台举行;第二周年纪念在泰山举行;三周年纪念日,今天在南京举行。回顾三年来的经过,以及现时国家民族危机的严重,瞻前思后,不禁抱有万分隐痛。

三年前日本大举攻察[②],拟欲乘长城各口战胜之余威,一举而下张垣,进而做南进之企图。当时我在张垣,身边仅有两百手枪队;诸友好多劝我离察,咸以形势紧迫,不可久留。我因忝为军人,志在守土,且平素衣、食、住、行均为百姓所供给,寇来,绝不忍舍人民而去,更不忍弃国土以资敌。是时吉林一带大批义军向张垣后退,同时各

[①] 本文是冯玉祥在民众抗日同盟军举义三周年纪念大会发表的演讲。

[②] 指当时的察哈尔省,其省会设在万全县(今张家口市万全区),后迁至张垣(今张家口市桥西区)。1952年撤销建制。

地民众代表络绎来张，促我树旗抗日。经数日夜之筹划，始于5月26日通电抗日，成立民众抗日同盟军。

民众抗日同盟军组织意义非常纯正，守土卫民为军人应尽之天职，抗敌图存亦系人民应有之义务。同盟军成立后，曾规定三步工作计划：第一步收复多伦，第二步收复热河，第三步收复东三省。当时最困难之问题，为军费无法筹措。六月溽暑天气，士兵尚有着皮衣皮帽者，经济困难之情形，已可见一斑。通电前，朱子桥先生从上海汇来十万块钱，并以大义相勉。我得此款，始树旗抗日，才能于短期内收复察东四县失地。

收复多伦之前敌总指挥是吉鸿昌，左副指挥是李忠义，右副指挥是邓文。康保于6月22日克复，宝昌、沽源于7月1日克复。最剧烈一役为多伦战役。吉鸿昌甫抵多伦，一经交绥，即被城内伪军击退，军心为之一挫。这时吉鸿昌从前方来电报给我，说："前方军事失利，多伦一时急切不易攻下。"我接电后，立即亲复一电，我说："你干不了，请你离开，我来指挥；抗日本来是我死的，横竖我在后方也没有打算活着。"吉鸿昌接了我的电报，痛哭流涕地回了我一电，说："打不下多伦，我也不回来了。"经了五日夜的鏖战，吉鸿昌亲率士兵三次肉袒爬城，多伦卒于7月12日晨克复。总计各战役，共计伤亡一千六百余人，内有团长四人；阵亡者三百一十二人，重伤者四百五十三人，轻伤者九百七十二人。当时我令吉鸿昌将伤亡各官兵尽量运至张垣，以便分别运平医治，或妥予安葬。

多伦收复，第一步保察之计划已经完成，即进行第二步计划，预备收复热河，同时又成立了一个"收复东北四省计划委员会"，从事规划一切。正在这时，日关东军部宣言逼迫抗日军即日退出多伦。我当即答复限日本军应即日退出东四省。隔日，关东军复威吓同盟军说：三日不答复，即以全力取察省。我即答复，限倭奴三日内速觉悟，否则，即以全力取热河。我遂一面调大军三师协守多伦，一面严命守将吉鸿昌、张凌云严修战备。最后，同盟军因种种关系，内政、经济、外交均一筹莫展，不得已遂于8月5日通电收缩军事，政权交诸政府，复土交诸国人。

回忆张垣抗敌至今，瞬已三年；今强邻压境，敌焰大张，河山半壁，名存实亡。在座诸先生，度必与玉祥同感切齿之痛。去岁国家形势日危，举国惶惶，玉祥凛于匹夫有责之义，不敢再度山居生活，遂毅然来京，促成中枢团结之局面。中央坚以军事委员会副委员长相界，玉祥自愧才能弗胜，力辞未获；然就职之日，以竭诚辅佐蒋委员长抗敌挽救民族危亡相期。中国历史前程，大势所趋，舍求民族之解放与自由以外，殆别无他途。近日国际形势日非，敌人大举增兵，意在囊括我整个之国家，初不仅只限于华北一隅。刻时机已迫，抗敌图存之关键，稍纵即逝。深望各同志奋起努力，自救救亡。玉祥虽愚，当誓本初衷，为民族存正气，为国家留完人也。

国难与地方行政官吏[①]

1936 年 5 月 27 日

所长、诸位同学：

古人常说，亲民之官，应该做到"宽厚清静"四个字，这一点是很对的。所谓"宽厚清静"，就是"不扰民"。再用现在的话更具体地说出来，便是：第一，不能利用自己的地位，对老百姓做政治的压迫；第二，不能利用自己的地位，对老百姓做经济的剥削。

当然，仅仅我们自己不对老百姓做政治的压迫、做经济的剥削，还是不够的。我们要真正把自己看成老百姓当中的一分子，熟习他们的生活，明了他们的痛苦、困难和要求，我们应该把老百姓所受的压迫，当作自己所受的压迫；把他们所受的剥削，当作自己所受的剥削；这样，我们才能真正替老百姓替同胞替我们的父母兄弟做一些事情。

---

① 本文是冯玉祥在县市行政讲习所学员毕业典礼会上发表的演讲。

各县人口中，恐怕农民总在百分之九十以上。可是中国农民的现况，真是苦不堪言。譬如我们先拿他们所受的政治压迫来说，农民是根本没有言论和身体的自由的。一个农民和土豪劣绅打官司，农民就没有替自己辩白的机会，而在土豪劣绅高兴的时候，还可以强迫农民替他做各种的工作；甚至于因为一点小小的事情，就可以把农民拘押起来。对于这些事情，我们要站在老百姓这方面，对土豪劣绅加以制裁。中国历史上向来对于土豪劣绅都是主张制裁的。汉以后，尤其如是。譬如《汉宫典职仪》上，规定了官上必须遵守的六条事项，便都是与豪强的制裁有关的。古代的官吏都把这件事当作必须实现的任务。近代的官吏既是"人民的公仆"，尤其要能完成这个任务。

再就农民的经济负担来说，农民人口中有百分之五十四是佃农和半自耕农。每年地租的缴纳，约当全部农产品总价值百分之四十以上；十年或者五六年的地租，就够上买土地的价格。一般的农民又负担很重的田赋，而附加税比正税还更严重，附加税最重的比正税要高过二十六倍。在北方还有种种摊派，甚至摊派印花。而一般税吏在征收的时候，利用农民知识的低下，或者浮收，或者勒索。在这样沉重的负担之下，农民焉得不穷困，农村焉得不破产？！所以在这方面，我们也要尽可能地减轻农民的负担，减轻农民的痛苦，尤其要取缔税吏的浮收、勒索、短报与中饱。这只要我们认真去做，是很容易收到实效的。

诸位站在指导民众、领导民众的地位，和民众接触的机会很多，所以除了设法减轻农民所受的政治压迫与经济负担外，诸位还负有国难时期的特殊任务。具体地说，因为敌人向我们的进攻，是一天比一天更加紧迫；我们无暇十年生聚，十年教训，慢慢整理内部，然后再抵抗外来的侵略。而且，我们三千五百万同胞已经做了奴隶，在水深火热之中，眼泪汪汪地望着我们，我们还能够长期地等待下去，然后才来拯救他们么?！所以，我们目前只有武力抵抗。只有抵抗，才能阻止得了敌人的进攻，才能收复已经失去的土地和主权，才能拯救三千五百万亲爱的同胞，才能免除我们自己做亡国奴，才能恢复中国的自由和平等。所以，各级政府都有指导民众，共同抗敌的责任。诸位同民众接触的机会最多，这方面的工作也要有计划地实行起来。譬如对民间的宣传，使每一个老百姓都知道国家的危险和自己的任务；譬如组织民众保卫团，从事抗日的军事训练等，都是应该立刻开始来做的事情。

　　话说得很多了。最后，我预祝新同学们学业的成功，毕业同学们事业的成功，中国行政改革的成功和中国民族革命的成功。

国难与医药事业（节录）①

1936年6月2日

院长、诸位同学：

今天是贵院护士学校药学专科、实验专科的同学毕业的日子。兄弟承贵院院长的邀约，得以参加今天这个盛典，心里觉得非常荣幸。

我常常想，我们中国人有两个最凶恶的仇敌。这两个仇敌，一个压迫着我们民族的生机，将使我们的国家不能在世界上生存；一个损害我们人民的健康，使得我们同胞的身体和精神衰弱萎靡。后面说的这个，自然是指疾病；前面那一个呢，就是日本帝国主义！

现在是国难严重的最后关头。救亡图存，只有一条奋起抗日的道路。这个责任绝不是几位国家的官吏，几支军队所可负得了的。这个责任得由我们全体人民来共同负担！

---

① 本文是冯玉祥在鼓楼医院护士学校药学专科实验专科毕业典礼上发表的演讲。

我们四万万五千万人民得全体动员！我们要负起这个艰难巨大的责任，最要紧的是须有一副强健的身体。一个人要有强健的身体，医药或是卫生的讲求，实在是最最重要的。所以，在今日的中国，挽救民族国家的危亡，完成我们抗日的大业，诸位研究医药卫生的专家实在负有特殊的重大的职责！

我国事事落后，科学不发达，教育不普及，人民在医药上的享用，无论"质"的方面，"量"的方面，都是非常可怜。百分之八九十的同胞，都是在内地里，农村里，他们根本不知道科学的医药是什么东西，卫生上的常识自然更是一点都谈不上。比如河北省定县的调查，乡民的医生百分之九十八都是中医，而这里面占最大数目的，是什么样的中医呢？是巫婆，是打针的，是画符的，是捉鬼的，一些不学无术的江湖上的骗子。并且，在定县的乡村内，乡民之患病死亡，并没有经过医生医治的，差不多占三分之一以至一半。可怜啊！他们连这种江湖医生的医诊也不能享用的！定县如此，其他的农村内地可想而知。至于都市里呢，根据民国二十三年全国登记了的医生数目，是六千七百六十一人。把这个数目分配到全国，六七万人才能分得一个医生。比之美国七八十人中就有一个医生，差得多么远呢？这都是如何严重而危险的问题！为今之计，有两件工作万分迫切而且重要：一是在"质"的方面，"量"的方面提高和推广医药卫生的设施；二是把医药卫生上的科学知识，普遍地灌输给全国同胞。这两件迫切重要的工作，都是要靠着诸位热心尽力的！

目前，为我们民族国家抗杀病菌的战争，即是抗日的战争，已经万万无可避免。我们全国同胞为要担当这个神圣伟大的斗争，应得有一以当十的身体。欧洲大战的时候，德法各国一个战士往往受伤到四五次之多，这全赖他们医生手术精良，医治迅速，救护细心谨慎。他们一经治好，就立刻驮起枪弹再到前线搏斗。要这样，才算得一以当十。在我们抗日的战争中，我们的战士，为了他的祖国之生存，应当有十次二十次的光荣的受伤。至于这十次二十次的治愈，自然只有仰赖在座的诸位展施精良的手术、迅速的治疗和细心谨慎的救护了。

说到这里，我想起南丁格尔的故事。南丁格尔是一个英国女子，生在十九世纪中叶。这时候为了土耳其问题，英法联盟和俄国打仗。这就是有名的克里米亚战争。战争发生以后，南丁格尔鉴于前线战士的创伤苦痛无人看护、无人医治，于是把她的家产破去一半拿出一百万元，置买了医药用品，招请了数千妇女，在前线搭下了无数的大帐篷。受伤的战士，都一一抬到大帐篷里，由那些招请了来的妇女替他们洗涤、包扎、服侍汤药，细心体贴地看护他们，并且讲故事给他们听，唱歌跳舞娱乐他们。她说：他们是我们的父亲、是我们的兄弟，他们是为了国家民族而不惜性命，我们应当视之如父亲，如亲手足。那些受伤的士兵，在这样细心亲切的看护之下，自然都很快地恢复健康，重复再走上火线。法国看见英国如此，于是也同样的举办起这个事业。一时英法联军的士气大振，很快地就把尼古拉的军队打败。这就是今日女护士的起源，这就是今日红十字会的起源。由此我们知道：战争的胜利，不能全靠军力，更需要民众的热心辅助。由此我们又知道：抗日战争中，在座的诸位所担当的责任是何等的重大！

为我们全国同胞驱杀身体上的病害！为我们的民族国家驱杀日本帝国主义这个病菌！——这两个联系在一起的工作，是今日诸位最神圣最伟大的任务！今天诸位学成毕业，正是正式开始担当这个责任的日子。兄弟不揣谫陋，谨以此意，希望大家奋勉！

对于两广事件的谈话

1936年6月5日

近日外报所载同盟社中央与西南将发生战事之消息，纯系别有用意的挑拨造谣。我在中央，熟知中央绝无向西南提出所谓五条件之事。两广周围各省的中央军队，早已陆续他调，所谓以三十五万军队进攻两广云云，实为可笑的无稽之谈。同时两广当局与中央关系，日在亲密进步之中，即使对于救亡图存之步骤容有轻重缓急之差异，然均能以有利于国家民族之观点开诚商讨。所以，在目前国难日趋严重的情势下，无论中央或西南，均不能亦不愿发生自相残杀的内战。那些外来的谣言，本其一贯政策，要有计划地制造中央与各省之对立，各省与各省之对立，以至每一省内每一个人之互相对立，使我国变成分崩离析，不断内战的局面，从而转移国内外之反对侵略者的注意，同时又可以不费一枪一弹，以逞其野心。把这种谣言和华北近日的事情对照地研究一下，对于谣言的发生，就可以洞悉其用意之所在了。而其企图破坏我国国难中新生之力量，尤不难明了。我绝对相信只有中国人不打中国人，团结得如同一家人一样，集中力量做艰苦的奋斗，才可以得到救亡图存的最后胜利。

说到华北，因为侵略者一步步地进攻，其危险程度自然也一天天的严重，这是不必讳言的事。然而，我们绝不可有华北已经灭亡的错误认识。事实上，自去年十一月以来，华北还是在艰苦中保持着。我们要知道，我们的对策，只有官民团结一致；我们能团结一致，就是增一分救亡的力量。如果全国上下由此更进而坚强团结救亡的信仰，从精神上物质上一步步地严紧我们民族壁垒，整齐我们奋斗步调，即有最伟大的最光明的胜利的前途。

关于大规模的走私问题，实在已不属于一般的所谓走私的范围与意义，所以我们现在一方面切盼各级机关严厉执行偷漏关税及各种走私的惩治条例，另一方面更希望人民自觉起来，查缉私货，抵制私货，努力巩固我国经济壁垒，务使私货根本绝迹于国内。并应以最大的实力，以保护国营产业，勿令我们的国民经济受到丝毫的损伤。这是我们整个民族的生命线，大家应联合起来，保护这生命线，强固这生命线。

在国民党中央党部纪念周的演讲词

1936 年 6 月 20 日

总理在《民族主义》第五讲中给我们的遗训说:"俗话说'困兽犹斗',逼到无可逃免的时候,当要发奋起来,和敌人拼一死命。我们有了大祸临头,能斗不能斗呢?一定是能斗的。"总理这遗训,现在在国难严重的时期,更为天经地义。

我们试看,近几月来日本对我们的侵略政策更变本加厉:譬如鼓动内蒙独立,使伪军李守信等部进占察北,在华北各地公然成立特务机关,积极的南进政策,华北的增兵,冀东伪政府增设空军,以及指使天津便衣队的活动,这所有的事实,已够做我们很好的证明。此外,还有一件更可怕的事,它利用比动员五十万大兵还要厉害的卑劣手段,企图不用一刀一枪灭亡我们中国,这就是国际间空古未闻的"公开走私"。我个人感觉这个问题的严重,今天就想先提出这个问题来向大家报告一下。

谈到日货走私，近来的报纸上，几乎每天都有惊人的标题。不是说"某地私货堆积如山"，便是"中国缉私员被殴"，再不然就是"海关税收大减""工业因走私而破产""商店因走私而倒闭"。总之，每一惊人的标题，每一消息的内容，都使我们不能不深感危险。想到走私这件事，实在含有立刻灭亡全中国的重大作用。

有的人说，日货在中国的走私并非始自今日，为什么过去的走私没有发生立刻灭亡我们全中国的作用，而现在却这样的严重呢？在这里，我们须知今日的走私和过去的走私，在本质上是不同的。不错，由于中国次殖民地的地位，关税制度不能独立，虽然在历史的文献中，还不能够找出日货走私到底是起于何年何日，但我们相信，随着日帝国主义势力的深入，便带来了今天这可以灭亡我们中国的"礼物"。譬如：鸦片、白面、军火、军械、人造丝、白糖等，老早便都是走私的商品，而且输入的数量，已经很大。不过走私的私运口岸，只限于华北的天津、秦皇岛，华中的上海，华南的厦门等几个地方；同时，走私的方法也多半是秘密的性质。

至于近来日货的走私，便大不相同了。密运变成公开，私货简直不能称为私货。自九一八事变以来，国难一天一天地严重，二十二年五月更缔结了《塘沽协定》，这给了日货走私以很大的便利。二十三年春天，日人便在非战区域公开组织团体，携带武装，保护满载私货的船只强行登岸，遇有海关缉私，便开枪射击，以致发生了秦皇岛缉私员被击的事件。从此以后，日货的走私更无所顾忌。而且，自冀东伪政府成立以至现在，日货的走私日益加厉，演成现在这样不可收拾的地步。我们从走私的种类上来看，比过去多的太多了，除人造丝、糖类、鸦片、军火等不计外，过去并不拒绝收税的，如棉织品、酒精、药品、颜料、苏打、海参、橡皮鞋、胶皮带、自行车等等，现在都走私了。总之，现在日本能输入中国的货物，大都全转向走私一途，正当的贸易，反而极少极少了。其次私货的数目，每天报纸上都有惊人的统计。据中国银行估计，单只去年一年，就达二万万一千万元之多。再从走私的口岸和私货输入的区域来看，在华北方面，除天津、秦皇岛两大口岸不计外，另有留守营、昌黎、北戴河、溪口、赵家口子等地，在华中方面当然还是上海；华南方面，除厦门外，更添了汕头、广州、琼崖、江门等地。谈到在内地的推销，中部内地自不用说，即连边塞地方也都充满了私货。他们现在所用的走私方法，不但利用特殊的政治关系，而且组织了大批的走私商店。譬如仅天津一处，据说现在已有八十余家专营走私的商店了。

这样大规模的公开走私，当然对于中国经济上发生极严重的影响。拿工业来说，谁都知道，外国商品在中国的廉价倾销，使中国生产品无法销售，中国工厂只有出于倒闭之一途。现在日货的走私，较倾销更加严重，中国工业上所受的打击，当然也就不用更多的说明。我们现在单就糖一项来看，中国各地所吃的糖，本来多半来自广东。据说广东糖产年销五百万担，以每担二十二元计算，每年收入可达一万万余元。但近因私糖以十五元一担或十六元一担的价格畅销以来，广东的四个糖厂，两家已经停工；其余的两家自 5 月 1 日起已缩减产量，并减少向外运输。单从这一项事实看来，我们已经知道中国工业受走私的打击，够多么厉害！其次就商业上说来，首先我们看到的，便是物价的紊乱。过去有好多存货的商店，现在大大地吃亏，同时一般奸商更利用这个机会大肆投机，以致物价越发地混乱。结果，正当的商店全都倒闭。据云，自走私盛行的数月以来，天津正当商店倒闭者有二千余家，这是多么骇人听闻的统计。至于贸易方面，第一便是畸形的出超。当去年 12 月份中国对外贸易突然出超的时候，有些乐观的人高兴极了。他们认为这是新货币政策改革的成功，其实这完全是一种错觉。固然这种出超，一部分原因也是由于列强急于备战，和中国实质上输入的减少；但其最大的原因，还是由于走私货品海关无法统计的缘故。其次，在贸易上所受的影响，当然是海关行政，因为无法执行检查货物的职务，海关行政便要混乱起来。在我们极力树立关税自主的现在，这是很值得我们注意的；何况一个国家不能缉私，外货可以公开走私，海关等于虚设，还成为一个独立国家吗？在国际间很足以损失我们的国际地位的。其次，再看对于中国财政的影响，比起前几项的影响来，就越觉严重了。现在我们无妨根据海关报告的数字，念给大家听听：

一、自去年 8 月 1 日起，至本年 4 月 30 日止，因华北走私，海关损失共达两千六百万元。

二、本年 4 月一个月内，关税收入损失达八百万元；五月的前三个星期，损失达六百万元以上。

三、假定每月损失以八百万元计算，则每年损失将达一万万元，几达关税收入全部的三分之一。

根据这样的统计看来，我们真感到中国财政危机的迫切。本来中国财政的收入，谁都知道是专靠关税、盐税、统税三大泉源。三者合计约当中国全税收百分之八十。其中关税占中国每年所有税入中的一半。所以，即是统税的损失不算，仅关税一项，因走私的损失，就可以使得中国全税收减少六分之一。何况关税收入是中国内外债的担保，关税收入既因走私而减少，中国的债信当然发生动摇。前些日子伦敦金融市场中国债券落价，绝非偶然的现象。这样下去，将来不但使中国以关税作保募债发生困难，即现在的债信也难以维持了。最后，再就金融上来看，中国债信减低，当然会使得中国的证券市场紊乱。近来上海公债市场的疲敝，虽然不无谣言的影响，但走私的关系，实在占有很大的成分，结果买空卖空，投机之风益盛，对于整个金融给予极恶的影响。同时我们知道：现在政府所实行的法币政策，有百分之四十是以证券做保证准备的，而在这证券之中，公司债等占绝对的少数，大部分都是公债。像这样债信因走私而降落，无形中便是贬低保证准备的价值，以致法币政策的基础根本动摇。谁都知道，一国的货币政策关系一国的整个生命。假如货币基础发生问题，则物价的紊乱，外汇的动摇都随之而起。长此以往，一定会致国家死命的。尤其我们基础未稳固的新货币政策，怎能经得这样严重的打击呢？

总之，从走私的影响看来，第一，我国工业受了严重的打击；第二，我们的商业渐趋破产；第三，损害我国独立国家的地位；第四，我们的财政受了巨大的损失；第五，我们金融发生了动摇。由此足见走私问题之严重了。西欧从前有两位有名的政治家说过两句很有名的话，一句话是说"战争是一切经济组织的试验"；另一句是说"货币是战争的神经"。从这两句名言看来，我们便可相信战争中经济的重要。而现在我们的敌人，正就把握了这一点，在我们准备抗敌的期间，利用走私以破坏整个的中国经济。这真是不费一刀一枪，就可致中国于死地的一个最毒辣的可怕的手段。我们为了抗敌的准备，为了保卫国家，为了不做亡国奴，非赶紧制止日货走私不可。

由上面所说的全部事实来看，可见现在的走私，绝非单只日鲜浪人希图商业上利益的举动，这实际乃是日本政府同时在经济上、政治上、军事上进攻中国的最毒辣的手段。它不仅在经济上使我国全部殖民地化，使我们战争准备的经济基础根本动摇，而且在政治上它想加强冀东伪组织，而使整个华北实现所谓"明朗化"。就军事上说，他们想以走私浪人滋事，借护侨而增兵，并多设防地。最近华北增兵，便是很好的证明。此外还以走私的利益来破坏中国抗日的壁垒。可以说，私货所到的地方，便是日本别动队活动的区域。所以我说，走私比动员五十万大兵攻打我们还更厉害。诸位试想，敌人着以五十万大兵攻打我们，能不抵抗吗？能白白地等着当亡国奴吗？当然我们要抵抗的；那么，现在比动员五十万大兵还厉害的走私，不用说我们更要火速起来制止。

我们说制止走私，并不是一句空话，我们要拿出具体的对策来。我再三考虑的结果，觉得要根本上制止走私，除了政府现在有的缉私办法外，必需还要有补充的办法：

第一，要在中央指导之下，极力扩大人民抵制私货运动，实行三不主义：不运私货、不卖私货和不买私货。同时，还要严密地组织制裁汉奸的大同盟，严厉地惩罚违背这三不主义的汉奸。要实际地遏止走私，不是徒然从事外交所能做到的，必须用全国人民的力量去奋斗。假若由人民自觉地抵制私货，政府和军队站在以实力保护的地位，那将使日本浪人无所用其技。总理说："我们中国此刻还没有亡，普通国民对于别的事不容易做到，至于不做外国人的工，不去当洋奴，不用外来的洋货，提倡国货，不用外国银行的纸币，专用中国政府的钱，实行经济绝交，是可以做得到的。"

第二，各地方的军队，都要决心地准备，随时以实力援助人民的缉私运动，并随时随地以武力缉私。问题很明白，日本帝国主义如果不碰到强力的抵抗，是绝不会让步的。日本人大都欺弱怕强，比如日本兵被英国兵打死了，就不敢提出断然处置；被二十九军等俘虏过来，就磕头求饶命。我们现在逼的无可逃免的时候，当然要奋发起来和敌人拼一死命了。

可是达到上述的两个补充办法，必须要有有计划的领导者。本党的同志就应当努力肩负起来这个责任。所谓革命党员，是民众的先觉分子，现在遇着这种严重问题，本党每一同志，都要不负"先觉"的意义，全体动员，才足以挽救国家的危亡，才足以表现本党的革命精神。这一点希望大家同志共同努力吧！

在中央军官学校特别训练班的演讲词

1936 年 8 月 12 日

诸位同学：

兄弟今日有机会来和诸位谈话，这是一件很难得很欣快的事。

诸位都是担任各种职务有了长久经验的。现在从各地聚集来受短期的训练，在这样优美平静的环境中，在这样规制完善的教育氛围中，以及在这样规律严肃的生活中，实在是不可多得的一个机会。总理说："先行后知，进化之初级也；先知后行，进化之盛轨也。"现在诸位都已有了相当的"行"的经验之后，再来求"知"，则所"知"的自然更为深切；诸位在这里求得了"新知"之后，再去见之于"行"，自然"行"的更为有效而远大。

总理在民国十年对桂林学界演说时，曾有几句遗训说："求学的意思便是求知识。因为世界上有很多的事情，很多的道理，都是我们不知道的。又因为世界的文明，要有知识才能够进步,有了知识,那个进步才快。我们人类是求文明进步的,所以人类便要求知识。"这几句遗训,自然是指示了我们求学的意义,指示了我们人类必须日日求知求进步的道理。但是目前民族国家已在生死存亡千钧一发之时,我们的求知,不单是为了人类的文明进步;更急迫的,更主要的,还在救亡图存——抗日救国。

总理在遗嘱中说,奋斗四十年的目的,"在求中国之自由平等"。中国处于不自由不平等的原因,就是在帝国主义者所加予中国的束缚和侵略。其中最厉害最危险而与中国处于绝对对敌地位的就是日本帝国主义。这个后起的先天不足的日本帝国主义,完全是靠侵略中国起家的。1894年的甲午战争,我国的赔款割地,树立了它的侵略基础;1915年的"二十一条",促进了它的发展;而1931年的"九一八",已是日本帝国主义穷凶霸道到疯狂的地步了。它的最有力的代言人田中义一首相说:"欲并吞全中国,必先并吞东三省;欲统治全世界,必先统治全中国",可以说是最无忌惮地表明了日本帝国主义的根本精神和政策。从甲午战争、"二十一条"以至"九一八"的一贯的事实,尤其是五年来各种方式的侵略事实,完全暴露了日本帝国主义的真正目的,实在是灭亡整个的中国。我们知道,东北四省的土地共有四百万方里(等于十二个江苏,十三个浙江,八个江西,三个半四川,三个日本本部),三千五百万人民(等于两个江西,一个半浙江,半个四川及日本本部的人口)。经济的资源尤为重要而丰富,一切轻重工业的材料可以说无不具备,尤以重工业的材料为重要,如铁矿储量占全国百分之七十八（约八万万吨）、煤占百分之二（约五十万万吨以上）、煤油代用品的油母页岩达五十万万吨，产量已占全国百分之九十五。以及大豆、杂粮、盐、牲畜、羊毛等等，都甚丰富，而为建设新中国所不可少的一部分。反之，日本帝国主义抢去了东四省后，又凭借东四省，向我华北、华南做更进一步的侵略。无论它侵略的方式，或是"断然处置"的军事行动，或是"共存共荣"的"经济提携"，而其中所表现给我们看的事实是：成立冀东政府，嗾使华北、华南的伪自治运动，增加驻兵，大规模走私，要求铁路及矿产的开发，成立"大元帝国"，发动对绥远的侵略等等，其目的显然非使全中国成为日本的殖民地、全中国人民非成为日本的奴隶不止的。所以，我们坚决的相信，为求中国的自由平等，为建设新中国，为我们不做亡国奴，都只有抗日民族革命战争，才是阻止日本帝国主义的唯一有效方法。抗日则生，不抗日则死，这里并没有可以犹豫的第三条路。

从我国政治、经济上说，抗日战争是绝对必要而无可怀疑的事。但是我们能抗日吗？抗日有胜利的把握么？古兵法云："知己知彼，百战百胜；不知彼而知己，一胜一负；不知彼不知己，每战必败。"现在我们来对日本及我们自己做一番"知己知彼"的研究。

首先我们来观察日本在国际间的形势：

我们都知道日本在远东最大的敌人是美国和苏联。美国的上议院外交委员长彼得门公开地宣称和日本的开战是不可避免的；因日本的野心侵略已成为美国太平洋利益的破坏者。日、苏冲突的事实,更是每天报纸上都可以看见的。虽然美国大总理声明彼得门的谈话并不代表美国政府的政策,但这不过是官样文章而已。

过去在欧洲,法国是苏联的最大仇敌,但自德意志进兵莱茵以后,他们却联合起来成立法苏协定,以共同对付希特勒。这样一来,就减轻苏联在西欧的顾虑,可以集中力量以应付远东的事件,对日的态度也日趋强硬。

英国向来在明中暗中都是袒护日本的,但自日本实行倾销政策及积极南进政策以来,使英国也感到威胁,急谋对策,以保持其在远东既得的利益。李资罗斯的来华,新嘉坡的筑港,澳洲的抵制日货,都是这一政策的表现。

在东欧方面,英国鉴于希特勒的野心勃勃,遂与苏联订立《英苏海军协定》,并贷款四千万镑予苏联,以巩固英苏邦交。

凡此种种,都表现出现在的国际形势又恢复了大战以前的局势,英、美、法、苏几个大国倾向联合起来,以与日、德、意相对抗。德国远在欧洲,呼应不易,所以目前的国际关系上,日本是异常孤立的,而处于不利的地位。

反之,我国的国际关系,自本年1月开始,转换到有利的形势。在过去,因为我国国势衰弱,列强谁也不愿和我们做个与国,更谈不到联盟。自德国出兵莱茵,日本在华北加紧侵略与大规模地实行走私以来,形势为之大变。不特法苏等国都伸手要求与我们联合,就是英美各国,也都对我们表示同情,这是于我们非常有利的。

其次,我们再看看日本国内的情形:日本的优点是军备的充实锐利。但其原料如铁、煤油、棉花、橡皮等，几乎完全依赖于国外的输入；同时，工业生产品又大半依赖于国外市场的销售。日本由侵略中国而发达起来的产业，完全垄断在十个资本家的手中，如三井、三菱、住友、安田等；数百万的工人，则在极端痛苦的生活中挣扎着。另一方面，几千万的农民仍在地主的剥削之下过着非人的生活；农村负债达五十万万元之巨，农民全部的生产品尚不足以还债。

我有几个朋友在日本读书，时常有信来。最近他们实地到北海道去考察农村情形。有一个朋友在旅途当中给我来了一封信，他说：有一天从一个小镇市上经过，看见十几个二三十岁的乡下青年，围着抢客人扔在地上的西瓜皮吃。这种情形，在中国几岁的小孩子或许有的，二三十岁的人绝对不会干的。由此足见日本农村贫困情形的一般了。

和农村情形对比的，是日本资本家的穷极奢侈。他们宴一次客，鲜花费就花了五十万；碗口大的蝴蝶在客厅里到处飞翔，这一笔费（用）又花了好多万。所以说，日本社会的贫富悬殊较之中国社会，实在大过千百倍！这是它很大的弱点。

再从政治方面看，日本的军部和政党是冲突的；陆军和海军又未能完全一致；而陆军内部又有统治派、元老派、稳健派、少壮派的分别，意见分歧，纠纷迭起。"二二六"事变，日本的大将死难六员，充分表现出日本国内政治的不安定，随时都有爆发革命的危险。

因为农村的破产，劳苦大众的生活日益恶化——日本士兵多来自田间，目睹身受，遂使其战斗意志不能坚定。这种种冲突矛盾，都是日本帝国主义致命的弱点。

我们知道了日本在国际及国内情形以后，再来看看我们国家里面的情形，做一个缜密的检讨。

我们毫不掩饰地说，我们的飞机大炮，是赶不上日本的精良与众多。有些人就以此为口实，作为我们不能抗日的理由。殊不知现代的战争固有赖军械之优劣，而最后决定的力量，还在于人民的抗战精神。只要全国人民能万众一心，中华民族的复兴，一定是有把握的。战前的德意志，其军备之精巧，世界无与伦比，但终于失败；土耳其为有名的远东病夫，但其人民能万众一心，坚强不屈地奋斗，终于得到最后的胜利。这些都是我们最好的榜样。

我国近年以来逐渐统一，而法币政策的完成，更给日本以有力的打击，实在是最值得提出来向大家报告的事情。

当我们实行改革法币之初，日本帝国主义就多方破坏，大声疾呼地说，"不出两个礼拜，非失败不可"。及至过了两个礼拜，日本帝国主义又在诅咒说："三个月以后，中国的法币政策一定要失败。"但是我们的法币却日趋巩固，日本无可奈何，便又在强词巧辩地说，"中国法币政策早晚是要失败的。"

这种法币政策太重要了。我们有了法币，便可把全国的金银集中起来，购买一切军用品，准备抗日之用。在法币政策没有完成以前，我们是什么事也办不到的。

再一个要向大家说的，就是华北的事情。华北自冀察政委会成立以来，对日态度渐趋强硬。如塘沽日军自行登岸，为驻军开枪击退；丰台失马事件，二十九军的马跑到日本兵营，日本派军官交涉，即为驻军营长扣留，非日本交还马匹，绝不释放日本军官；又如天津市政府前开枪打死日本特务队队员，结果虽屡次交涉，但以冀察政委会态度之强硬，日本亦无可如何。日本向来是得寸进尺，但是我们的态度果真强硬起来，它也就不敢招招进迫了。

诸位同志，我们看清中日情势之后，我们只要发扬民族意识，统一和集中人民的抗敌力量，在抗日战争中利用我们的优点（如地域的辽阔，民族精神的发扬，士兵的愤怒，国际的同情援助，日本国内的不安，等等），以克服我们的弱点（如军备的窳劣，工业的落后……），我们相信最后的胜利是属于我们的。

诸位同志，我们必须抱定抗日的决心，抱定最后胜利的信仰，把我们的精力集中起来，来争取抗日战争的胜利。我们的最后一滴血，都要准备在抗日战场上去流，这就是诸位在这里求学的目的和责任，也就是我最热切的希望。

最后，我再对大家贡献一点意见：

中国的学生在国外求学的，一般地说起来，无论德育、体育、智育都不劣于外国人，但是一等到在社会上去做事，中国人便远不及外国人。推其原因，便是中国人缺乏群育。单一个人的时候，中国人和外国人是不分上下的，但是到了三个人以上便完全不同了。外国人是人愈多事情愈办得好，中国人是人愈多事情越办不成。原因便是缺乏群育。所以我特别提出，希望大家加以注意，只有群育发达，万众一心，中华民族才有复兴的希望。

我对节约运动的一点见解[1]

1936 年 9 月 27 日

我在未说到节约运动之前先来说几句闲话。我们常见到这个会那个会的,闹许多门道,许多章程,许多规则,可是结果不是热闹了一阵子,无声无息地冷淡下去,就是只听见雷声,不看见雨点,压根儿就没有实行。我希望这个节约运动,不要犯这样的毛病,再说,我们在一件事没有做之先,对那件事,应该有见得真的认识,行得彻底的决心,吃得苦的精神。事情说了出来,就要去干;不要道理说了一大篇,只叫人家去干,而自己却站在干岸儿上呐喊。假如嘴里虽不说,实际上干的真起劲,那自然会博得更好的结果。我希望在节约运动上,能够说了就干,不久就干出许许多多的实际效果来。再说节约运动自然全国各地都应该认真切实实行,可是在南京更有特殊的重要意义。因为南京不仅是首都所在的地方,而且也是不直接参加生

---

[1] 本文是冯玉祥在中央广播无线电台发表的演讲。

产的人所集中的地方。一般地说，直接参加生产的人，比较是容易实行节约的；和生产没有直接关系的人，就最容易走到节约的反面去。就我所知道的过去北京官僚的生活说，那种奢侈淫逸，吃喝嫖赌，贪赃枉法，拿钱不做事的种种糜烂生活，到现在想起来，还叫人痛恨。我记得宋朝陆放翁有一句诗说："直把杭州作汴州"，我们现在万万不要"直把南京作北京"。我说的这些话，大家当不会误会我净找错儿，我说的都是老实话罢了。

说到节约，我们首先要明白节约的几个真正意义：

第一，所谓节约，并不是因陋就简的守旧。人类社会是一天天在进步，我们人的生活和享受，在质与量的两方面，自然也要跟着进步。反过来说，我们为了生活和享受的进步，才能努力不懈，推动社会进步，使它日新而月异。但是人类幸福生活的获得，一方面要平等，另一方面也要实行精密而正确的节约。因为适当的节约，是为社会继续进步所不可缺的一个条件。这里有一个很重要的区别：我们要求生活和享受的增进，并不能作为奢侈浪费的借口；反之，在社会进步中实行节约，可使进步的速度加快，但不能使多数人节约的结果，成为少数人浪费的来源。所以实行节约和求进步，不但不相违背，而且实在是相成相助的。

第二，节约的意义并不是消极的，而是积极的。我们不只是不浪费，而更要把浪费的变成有用的。比如说吧，我们节约物质的消费，并不是为的可以减少生产，我们是要把所节约的物质，变为更多的扩大再生产。我们节约金钱的浪费，不是为的增多几个守财奴。我们是要把所节约的金钱，用到于社会国家有利的地方去。我们节约时间与精力的浪费，不是为的增加几个有闲阶级，我们是要把所节约的时间与精力，拿出更多的替社会国家去服务……①

第三，节约有改革旧的和浪费的，采用新的和适用的意义。比如我们拿几十万几百万的钱去修建庙宇，把许多有用的物资，养活许多只消费不生产的闲人，花费许多金钱时间去做念经拜忏做道场等等的无用勾当；又比如死了人出殡的时候，仪仗摆去几里路，这才叫作阔气，有排场。其实这类事，都是费时花钱而又误事的迷信举动。我曾在浙江听到一个朋友说，仅仅浙江一省，烧给死人的锡箔税，每年就有三百万元之多。那么，以全国计算，这一项的花费，每年不是要达几千万元么？如果再加上其他的香烛纸张，一年所浪费的，又不知该要达几千万元。假如将全国这样花费的金钱做一估计，恐怕总不下二三万万元。这笔款子如果拿来办工厂，大规模的纱厂可以办三十所；如拿来修铁路，像浙赣铁路那样的铁道，可以修五六条；如拿来买飞机，顶好的战斗机，可以买一千架。您想这个损失大不大呢？人人都说中国穷，但是在这些迷信的事情上，就不知浪费了多少万万元！实在说，我们的生活，只要合于简单、经济、迅速而有效的几个条件就够了，那些浪费误事的旧式法度和不良习惯，都应该赶快彻底地改革一下。

第四，我们的享受应该和我国的生产状况一致。比如，我不反对造洋房子住，但是建筑的材料必须用国货。我们

---

① 此处有删节。

看见几个美国人或日本人用外国的材料去造房屋呢？但是我国各处都市高耸着金殿似的建筑，他们所用的木料、石料、水泥、钢铁等等，就都讲究用"来路货"。要知道，这不过是替帝国主义开辟市场，使自己的国家一天比一天更加穷困起来。有人说，中国现在的生产，还是十八世纪的手工业生产；可是大都市里的贵人和富人过的却完全是二十世纪英美人的生活。这种生活享受和生产状况的悬隔距离得越大，其结果不仅民穷财尽而已，简直是加速国家的灭亡。凡是一个兴起的国家，没有不是"茅茨土阶，筚路蓝缕"做起来的。所以我觉得：我们生活的标准不但不能超过生产的程度，并且要做到生产的多，消费的少；力出的多，享用的少的地步。要这样，我们的国家自然会富强起来的。

第五，还有一个更重大的意义，那就是我们利用节约的方法，为我们民族之独立生存的战争供给必要的物质和精神。我们的国难严重到今天，唯一的出路就是民族革命战争。可是因为我国产业落后，大块土地被人侵占，势必使战时的物资供给感觉缺乏。因此，我们一面努力增多生产，一面尽量节约消费，把一切物质都应用到抗战上去，这实在是当前的一个迫切任务。有人说我国的财政，担负不了两个月的战时费用，这实在是书生的纸上谈兵之见。实际上，在民族生死存亡的战斗中，我们不但能够不断地生产，就只由节约而来的物力，也不止供给几个月哩。

现在，再说我们应该怎样来实行节约的方法。

我们在前面已经把节约的意义和标准说清楚了。按着那些标准，大家都应该从物质、金钱、时间和精力四方面，切切实实地节约起来；尤其是有力、有钱和有时间的人，更应该切切实实地硬干起来。我们的眼光，自然要放在远处大处。这就是说，节约的主要目的是救国；但我们的做法，却要从近处小处做起。这就是说，节约的实行，首先要从自己做起，首先要从自己的日常生活，日常工作上做起。比如说，对于民生问题中的食衣住行这四项，第一要讲究用什么方法才可以用较少的物质和时间生产较多的物品。第二要讲究用什么方法才可以节省不必要的浪费（例如我们如果能把收割时所遗失的稻麦有方法不使受损失，那么一年就可以增收二三千万担的粮食）。第三要讲究用什么方法才可以把物质平等地合理地分配到各方面去，不使种田的没有饭吃，织布的没有衣穿。第四要讲究用什么方法才可以在适合卫生的条件下，节约我们过分的享受。在这里，我举几个事实说说吧：我常说现在一般中国人住房子，正跟着外国人学；可是吃的方面，却不学外国人的办法，仍然是十个碟，十个碗摆满一桌子；动不动就是燕窝席、鱼翅席，还要算"简慢不客气"。那么多的东西不用说吃不了，就是真的都吃下去了，但那些甜咸酸辣，各种各样的味儿，也会在肚子里打架的。因此，常常有人吃了一顿酒席，就弄得几天饮食失常，甚至生起病来。我曾在外国朋友家里吃过饭，都不过是一个汤，两个荤菜，另加些素菜。由朋友的太太自己烧，客客气气拿出来，请客人自己箝，能吃多少就箝多少。计算起来，一个人几毛钱就够了，哪里比得我们的请客，常常要几十元、几百元一席的浪费呢？再说，我们的请客还有一项顶大的毛病，就是一顿饭局，带吃带喝，常常要花费二三个以至四五个钟头。更有时主人不在早一二个星期预先约好，到了临时，常常弄得一个人一顿饭要吃四五处，似乎要这样，才显得被请者的身份。这实在是花钱、费时、误事的举动。

这样胡乱浪费的毛病，不仅个人方面有；机关团体浪费人力和财力，尤为常见的现象。我在浙赣铁路看见许多车站，简单朴素，往往一个站长兼做卖票，打电话等等的许多事务。这种节约精神，我们的许多机关和团体都大可仿效一下的。

最后，我举一个节约救国的实例。在我国的北边，那个称作苏联的国家，它在1917年革命成功以后，经过了四五年的内外战争。他们的领袖和人民，都是挨着饿受着冻地进行着抵抗敌人的革命战争。他们的国家本来已经过了三年的世界大战，再加上国内的饥荒，那种情况真是比我们现在还要差得多。而他们的敌人，或是世界上的强国，或是有外力的接济和帮助，那时一般人都以为苏联一定要失败了。可是他们在全国人民的奋斗和节约中，毕竟获得了最后的完全胜利。到了1928年，他们的元气仍旧没有完全恢复，生产仍旧落后，可是在这时他们提出第一五年计划。那时候全世界都嘲笑他说大话，他们怀疑他连资本都没有，怎么谈得到什么建设计划。可是结果却恰恰相反，第一五年计划很快地就成功了；接着第二五年计划又成功了。一个生产落后的国家现在已经一跃成为生产先进的国家，一个弱国一跃而成为强国。从前嘲笑他的，现在都不得不另眼相看。苏联成功的秘诀，并没有什么神奇，就是全国人民齐心一致，节衣缩食，努力奋斗，把他们最后的一滴血，最后的一个铜板，都用到国家的身上去。

我们现在国家危亡的情势，亦已万分严重。我国的人民和政府如果能学好的榜样，实行节衣缩食，艰苦奋斗，把我们的最后一滴血，最后一个铜板，都用到求独立生存的民族战争上去，那么，我们的国家一定可以得救，我们人民一定可以建筑一个幸福的乐园了。

在美国来华传教士宴会上的演讲词

1936 年

诸位女士们、诸位先生们：

兄弟今日有机会来和诸位传布西洋文化的使者讲话，来和同情和帮助中国的友人讲话，这是非常荣幸的。

我的国家在世界上虽有几千年的文化和历史，但现在正处在一个最严重的生死存亡的试验中。几百万（平）方里的土地随便被人抢劫去了，几千万的人民随便被人作为奴隶了，并且整个的民族，被人欺负得猪狗都不如，整个的国家，随时有沦亡和被瓜分的危险。在这样的情势之下，我能向诸位贡献一点什么有益的意见呢？

爱和平，行博爱，这是诸位为人类幸福所做的一种最伟大的努力，亦是我国古圣先贤的教训。然而，我国人现在竟被一个凶横的强盗用帝国主义政策完全控制着、完全宰割着，还有什么资格和人家讲和平讲平等呢？我的国家、我的同胞，今日最主要的问题是争取在世界上人类的生存权利。

我想起诸位的祖国1776年之独立的奋斗史实，真使我感奋，真使我惭愧。感奋的是诸位祖国的英雄奋斗，指示了我国人民在危急存亡中的一条光荣的出路。惭愧的是我的国家我的同胞在无比的压迫和耻辱之下，虽渐渐地知道只有奋斗才能图存，但是在事实上，并没有做出什么成绩，足以安慰关心我的国家，我的同胞之命运的友人。

我想起贵国，尤其是住在中国的贵国友人，对于中国的同情和帮助，更是使我国人民感激不忘的。举例说：萧特上校为了抵抗侵略我国的强盗，竟牺牲了他的宝贵生命。又有一位麦拉女士——麦教士，她的一生都牺牲在爱护中国帮助中国，最后竟为中国人民的缘故，而忧愤长逝了。他们的生命虽是牺牲了，他们的精神是永远生活于中国人民的心中；他们的牺牲的代价，将更鼓励中国人民争求生存权利的奋斗决心，而和中国的自由平等之恢复永垂不朽。

纪元前505年，中国历史上有一个事实。那是在战国的时代，有一个楚国给它的邻国——吴国所灭亡了，土地被侵占，人民被奴役，政府也被推倒了。楚国有一个臣子，叫作申包胥。他虽愤慨得了不得，但是复国的力量还不够，他就跑到秦国去求救。经过他七日七夜不吃一点食物的哭泣和请求，秦国的秦穆公竟慨然允许出兵帮助楚国；后来竟因秦国的帮助，恢复了他的土地和政府。

这个故事的情形，完全和我的国家今日情形相类似。而同情我国的诸位和诸位的祖国——美国，就是从精神上、物质上、一切方面帮助我国家的秦穆公。这是我今日代表中国人民向诸位恳切要求和感谢的。

在中央政治学校地政学院
纪念周的报告词

1936年10月5日

诸位同志，今天有机会来参加贵院的纪念周，觉得非常高兴。

总理的三民主义所以能够成为救国主义的原因，就是因为它把我国对外对内之政治、经济的种种问题都包括在内，并且提出了适时的合理的解决办法来。民生主义是三民主义中最基础的一部分，而"平均地权"又是民生主义中最重要最复杂的一部分。总理在民生主义第二讲中说："民国政治上经过这十三年的变动，和十三年的经验，现在各位同志对于民族、民权那两个主义，都是很明白的，但是对于民生主义的心理，好像革命以后革命党有兵权的人对于民权主义一样，无所可否，都是不明白的。"现在我们又经过了十三年的变动和经验，渐渐地明白了民生主义的意义而要在实际上试行起来。例如贵院就是研究土地政策及培养工作人员的最高机关,这实在关系于主义的实行、国家经济、人民生活的重大问题。

说到解决中国的土地问题,我觉得有三点值得注意。

第一,从我国有历史以来的几千年中,都是以农业的生产为主要部分。换句话说,就是农业国家。全国人民的百分之七十五以上,都是以务农为业;而直接间接依赖土地以生活者,恐怕更要达人口的百分之九十以上。然而,因为我国农业生产的故步自封,因为世界农业技术和机械化的大进步,使我国农业感受外来的压迫,几乎处处居于失败的劣势。更因为世界经济的进步,工业的生产,已占了一个最优胜的地位。工业最发达的国家,就是最富足的国家,亦就是最强盛的国家。反过来说,工业落后,农业占最主要的国家,就是最贫弱的国家,亦就是被侵略的国家。这种情形,在"九一八"以来,我们受日本之空前的耻辱的侵略,更深刻地感觉到工业不发达所给予我们对于抗日战争的限制和痛苦。因此,我国经济政策的原则,应该抱定第一发展工业,第二改进农业,使农业工业化。这是为国家定下百年大计的时候,不能不在这种自足、自给和自立的方向上,与各种困难奋斗,努力做到"迎头赶上去",切不可犯了近视的毛病。因陋就简的保守农业固然是错误,就是单想从改进农业的技术,再恢复一个农业国的地位,那也是不妥当的。因为,这仍然使我们永久做人家的殖民地。

第二,土地不过是人类社会生产的一个工具。自然界赋予了我们这种富腴的工具,本来是要我们利用来增多生产,改进生活的。但是,因为事实上有许多人占有了很多的土地,又有许多人一寸土地也没有,以致农民一年到头辛辛苦苦的结果,还不能救自己免于饥饿。总理曾经恺(剀)切地指示我们说:"最辛苦的是农民,享利益最少的是农民,担负国家义务最重的也是农民。"又说:"现在中国没有大地主,只有小地主和一般农民,这般小地主和农民的财产,同俄国地主和农奴的情形比较起来,还算是很平均的。就片面的情形讲,这是讲得过去的。但是切实调查起来,……依我看起来,从前俄国大地主所有的土地,都是几百万方里,甚至于几千万方里,那些大地主对于许多农奴,自然不能精神贯注;因为精神贯注不到,待遇农奴自然是很宽大。我们这些小地主,总是孳孳为利,收起租来,一升一勺,一文一毫,都是要计算,随时随地,都是要刻薄。……从前俄国农奴所受的痛苦较少,现在中国农民所受的痛苦要厉害得多。"因此,总理主张"平均地权"和"耕者有其田"的主张,实在是增加人民生活的幸福,发展国民经济的根本办法。关于这个办法的执行,从前曾有"二五减租"和土地法的颁布,然而此中困难重重,阻碍太多。我们必须深切了解总理主张的真义,以大无畏的精神,硬干实干,才能见之彻底实行的。

第三,自"九一八"以来,日本帝国主义对于中国的侵略,简直要使中国亡国灭种的。我们目前的唯一任务是集中一切精神与物质的力量来抵抗日本的侵略。我想诸君的精神与意志,自然也是注重这一方面的。那么,我们现在又要诸位努力去解决中国的土地问题,是不是放弃了抗日救国的任务呢？不是的。因为按照"耕者有其田"的（主张）解决土地，就是动员农民参加抗日救国的最有力的一个办法。总理十三年在农民运动讲习所的演讲中说："农民是我们中国人民之中的最大多数，如果农民不参加来革命，就是我们革命没有基础。"又说："要一般农民都容易觉悟，便先要讲农民本身的利益；讲农民本身的利益，农民才注意。如果开口就是讲国家大事，无知识的农民，怎么能够引起兴趣呢？先要讲农民本身有什么利益，国家有什么利益，农民负起责任来，把国家整顿好了，国家对于农民又有什么利益，然后农民才容易感觉，才有兴味来管国事。"又说："我们现在革命，要仿效俄国这种公平办法，也要耕者有其田，才算是彻底的革命；如果耕者没有田地，每年还是要纳田租，那还是不彻底的革命。"由此看来，我们为要完成革命，特别是目前要动员三万万以上的农民来参加抗日救国的工作，我们必须遵照总理的指示，把农民本身的利益和国家民族的利益联合起来。如果这个工作做得很好，那么，我们的抗日战争，就有完全胜利的把握；因为我们武器虽然比较差，但是我们的人力可以战胜它。

诸位现在还是在求学时代，可是我希望诸位把我所说的几个意见，详详细细地研究并实行起来。因为这个刻不容缓的救国工作，是要全国个个人都是在抗日民族革命战争的中心目标之下，各尽所能地努力工作。

从奋斗中去求生路

——在抵御日寇进攻时的讲话

1937 年 1 月

诸位官长、诸位同学：

在今天和诸位见面的时候，让我想起了五年前光荣的抗日的"一·二八"淞沪战争。

参加"一·二八"的英勇战士们，用他们的血肉和敌人做了三十三天的拼命斗争。他们打碎了敌人四小时占领上海的美梦，使敌人不得不四易主将，损失了上万的所谓"帝国的皇军"；他们证明了中华民国有充分的自卫力量，抗日战争是应该得到光荣的胜利的。

但是"一·二八"的战争，终于因为受到中途的挫折而失败了。五年来，热河的丧失，《塘沽协定》的签字，冀东伪自治政府的成立，察北六县的变相沦陷……我们的国难又深重了不知多少倍！现在民族国家已经临到最后的关头，若再不能从抗战的路途中去找寻解放民族国家的道路，那么就只有灭亡了。

幸好五年来惨痛的经验，使得全国上下都认识了一个重要的教训，就是国内任何一种意见的不同，都可以讨论、商量、调解，一切可能的一点一滴的抗日力量，都要精诚地互相团结起来，不给敌人半点可乘的机会。这种教训的影响，在去年夏天的两广事件中，去年年尾的西安事变中，和全国对绥远战争之热烈的援助中，都可以看得非常清楚。

而且五年来列强对中国的认识比以前是日加正确，对中国的同情也比以前更加具体。譬如，在五年以前美国只能够空喊着对中国同情，而不能有实际的援助；英国时时想牺牲中国和日本妥协，来保持它在中国所既得的利益；法国对日本在远东的侵略行动装作不闻不问，把解放远东问题的责任推到国联身上去。就是苏联，也因为忙于自己的经济建设，无暇援助受压迫的中国。一直到最近一两年来，由于敌人进攻的毫无止境，由于我们对敌人的进攻已开始加以抵抗，列强对于我们也才渐有善意的评论和实际的援助。美国总统罗斯福在战胜兰顿得以连任之后，就召集"泛美和平会议"，企图团结南北美洲，准备对远东日本的疯狂举动加以实力的制裁。英国则自前年冬天以来，便对中国实行经济的援助；对于日本在华的许多阴谋不惜逐一加以破坏。法国虽然到现在在远东也还不能有什么实际的行动，但是在舆论上也已经把日本当作一个侵略的国家而加以非难。至于苏联的第二个五年计划次第完成，西伯利亚军备已经完全充实的现在，对于中国的统一抗日战争，也已经不仅只在舆论上加以同情，而是能给我们以实际的援助了。

所以在民国二十六年的开头,我们看见国内之日趋于团结抗日,国际对我之日趋于同情与援助,我们在今天就要立下决心,这关系重要的民国二十六年,我们千万不要让它空过。要知道,敌人是在天天找机会挑拨离间,要使我们国内自己发生战争,它好收渔人之利。我们若不能在民国二十六年给敌人一个大打击,那么,我们国内的团结将不会稳固,必定会因为对敌缓进急进的分别,而使国内发生纠纷,错过了复兴民族的机会。而在国际上,假若我们今年不能把对敌强硬的态度发展下去,那么,列强对我们的同情和援助,也会中止,而恢复鄙视我们看不起我们的旧态度。从前,我有个朋友曹亚伯先生从欧洲回来,被人误认为日本人,他很不高兴地说:"我们中国有四万万五千万同胞,你们为什么看不起中国人?"那个外国人回答他说:"你们人多有什么用呢?夏天把一块肉放在院里,一两天就可以生长出几千几万蛆来,只要科学家倒上一杯杀虫药水,便通通死绝了。"所以,假若我们不能自己努力,错过这个自救的机会,那么,列强也无法帮助我们,又要把我们看成那些无用的蛆了。

那么,我们在今年开始有计划地收复我们的失地,我们一定有胜利的把握么?我可以确定地说一句,只要我们和敌人斗争,我们是一定会胜利的。不仅"一·二八",长城战争,察哈尔同盟军收复多伦的战争,东北义勇军继续不断的战争,和最近绥东绥北剿灭敌伪的战争都证明了他们的必然胜利;就是一年来日本内政外交的种种失策与矛盾，也说明了日本的必然失败。

去年日本爆发了"二二六"事变，杀死了高桥财长、斋藤前首相等的事，是大家已经知道的了。这个事变不仅暴露了日本国内秩序的纷乱，和日本国家的无组织；而且自此事变以后，军阀对政治的干涉更加彻底；而一般国民对政府的不满意，也更加表现得明显。军阀木偶的广田内阁完全执行军部的意见，一方面通过了"万万日金"的军费预算，给日本国民增加了三万万元的租税的负担（过去三十年日本增加了租税四万万元，而"二二六事变"以后的马场财相，却一年增加了三万万元的租税）；一方面限制国民言论出版的自由，否定议会对政府的弹劾权。所以现在日本社会很是不安，国内的矛盾非常的厉害。

而在外交方面，广田内阁标榜着只要枪杆的自主积极的外交，结果是等于没有外交，引起全国的非难。最初发生"南进乎？北进乎？"的争论；继而发生要求政府树立外交国策的运动；最终因中国退还川越的备忘录与日德协定的缔结，使全国国民攻击政府的秘密外交。具体地说，在对华外交上，八次谈判没有什么结果，在华北压迫恐吓的政策，也不能奏效。对苏联的关系，年初有苏满、满蒙边境纠纷的交涉，年终又因日德同盟而将谈判就绪的渔业协定中止签字。对英关系，最初是伦敦海军会议日本的退出，继而是李滋罗斯到东京遭受日本官方人士的白眼，结果英日关系恶化，去年六、七月英国与苏联缔结商业借款协定与海军协定。至于对美国的外交，去年二月美国上院外交委员会委员长毕德门发表演说，攻击日本，同情中国。五月，美国购买中国白银五千万盎司，稳定中国的金融与财政，此外并增加日本棉织品输入美国的关税。只有在对德意外交上，算缔结了日德同盟和日意协定。而德国在中国的贸易，仅次于美，居第二位，日本反降至第三位，所以引起日本一般人对政府外交的攻击。至于日意协定，日本承认了意并阿比西尼亚（按：指埃塞俄比亚），只换来了在阿比西尼亚经济利益的保持，站在日本帝国主义的立场上看起来，连承认满洲国的条件都没有实现，也不能不认为是一种失败。总之，日本除与德意比较接近，但仍各怀鬼胎，不能亲密合作外，对其他国家，可以说是完全站在孤立的地位的。

在日本内政外交都陷于失败的时候，我们和敌人战争，焉有不胜利的道理？而且我们和敌人的战争支持越久，敌人内部的危机也就越加厉害，越加深刻。只要看我们去年对日外交稍表强硬，绥远战争才初步胜利，而日本政府已大受攻击。这几天诸位都在报纸上看见，说日本议会最近重开，因为各议员对广田的质问，致使广田的施政演说未能终场而宣告延会，开日本议会史上未有之先例，这件事情清清楚楚地证明了，我们对敌人的侵略绝不能忍耐，忍耐就是自找灭亡。我们只有用战争来回答敌人的侵略，只有战争可以促使日本自己的崩溃，而带给我们伟大的胜利。在民国二十六年的开头，是我们复兴民族、复兴国家的好机会。我们全体官长、全体同学，都要把这个意思深刻地认识。

那么，在民国二十六年，我们军人应该尽些什么任务呢？我们应该怎样去尽我们救国的责任呢？我现在简单地提出三点来，请大家注意研究、讨论。

第一，我们今年要把收复失地的计划建立起来，至少要完成收复冀东和察北六县的工作。

第二，我们今年要继续去年对内和平的良好办法。只要不是汉奸，只要不是阻碍我们抗敌的力量，便都可以团结起来，共同对外。任何挑拨自己战争的主张和计划，我们都要认为这是于敌人有利的而加以反对。

第三，对于日德联合起来对我们的压迫，我们军人誓以武力做政府的后盾，做外交的后援。

国家的生死存亡已经到了最后关头，我们要从奋斗中去求生路，不能忍耐，不能苟且偷生，去等待着死亡。我们大家起来，共同努力吧！

在步兵学校的演讲词

1937 年 3 月 20 日

各位同志：

大家都知道，国家到了今天这个样子，无论是哪一个人，见了面除了提到国难以外，简直没有什么别的话可说，今天我与诸位在这里见面，也是一样的。

现在我们的国家有许多土地被日本帝国主义占领去了，有许多同胞在水深火热之中。各位都晓得，辽宁一省有七十五万方里；吉林一省有八十五万方里；黑龙江一省有一百七十五万方里；热河一省有五十六万方里，其余如冀东察北还不在内。这么几百万方里的地方，都被日本帝国主义武力占领。我们要晓得，这一些地方是我们一辈传一辈地保存下来的，现在像这个样子一省一省地被人强占去，你我自己将来在什么地方站脚呢？你我子孙将来在什么地方活着呢？几省的土地是这样被人占领了，而日本人还是不已地日日进攻，没有一刻对我们有丝毫的放松。现在不要算冀东察北，已有三千五百万被难的同胞了。这三千五百万同胞都是你我的叔叔、大爷、大娘、婶婶、哥哥、弟弟、姐姐、妹妹。这一些的同胞，没有一个不是在那儿向西南，眼泪汪汪地望着你，望着我，希望你我把他们救出火坑。各位同志：我们的国家到了这个样子，我们同胞受了这样人所受不了的苦楚，现在靠着谁来救他们呢？本来这件事情不是少数人所能办的，农、工、兵、学都全有责任，就是妇女也有责任的。但是其中最重要负责任的人是谁呢？这无疑的，责无旁贷，要各位负起这个责任了。各位须知道，而且应该充分的知道，各位都是上中级军官，而且是青年军官。在我们国内四万万五千万人口当中，像各位这样的年龄，像各位这样的地位，像各位上下嘴唇一动，就有几百条枪向前拼命的，能够有多少呢？所以说各位不但是正头香主不老不少，而且是真心负责任的主人。所以今天在座的人非把担子搁在自己身上不可。也就是说，要把对于救我们国家民族及自己的责任，"舍我其谁"地担负起来。

记得总理留下来的教训曾说："一个民族不怕受欺负，只要有抵抗心，有不屈不挠的抵抗心，纵使一时失败，将来还可以复兴；假使畏难苟安，这个民族就是不亡，而将来的希望也是很少的。"总理留下这个教训，想各位一定看过的很多。这个教训可说是最宝贵没有的了。

我与王教育长的谈话，知道各位是从各部队送选到这里来，有的是在整理师的，有的是在其他各部队的。现在大家来在一起，不但可以互相交换知识，而且彼此得到进一步的认识和联络。现在各位在这里研究日新月异的知识，我觉得这是很难得的机会。我们要知道，现在的军事学是一天一天的新，纵使我们以赛跑的速度在后面赶，恐怕还赶不上的，所以有机会能够研究新的智识，这是最好没有的了。我们看看，在欧战的时候，德国打了败仗，签订赔款割地条约的时候，限定它将多少辆火车，多少火车头，多少尊大炮，多少辆坦克车，多少机关枪，多少步枪，等等，首先给英国、法国等送去。此外还受了很多很多的限制。如练兵一项不管你怎样练，也不能超过十万以上等等。想来各位曾听见过德国人的说话："限制什么我们都不怕，只要不限制我们的知识，几年以后，我们又可以越过他们去，又可以复兴起来。"各位试看，现在的德国，已把《凡尔赛条约》撕废了，把军备扩充起来，最近又把军队开到莱茵河畔。各位想想，德国战败后这么快就复兴起来，这是什么缘故呢？这很明显的，是他们的知识比别人超过的缘故了。所以知识不如人实在是很危险的。

讲到我们国家缺少的东西，那就太多了，缺少钢，缺少铁，缺少飞机。但随便缺少什么，都在其次，最大的缺点，就是我们的知识不如人。有的是故步自封；有的不但是故步自封，而且还要开倒车。这是最危险的事情，最不得了的事情。所以提到大家在这里受新的教育，求新的知识，此时替我们国家、民族、军队以及各位同志本身来想，都是非常可喜的。

我们都知道军事的知识不外两种，一种是运用人、马、自然；一种是作战法。运用人、马、自然的事情，有的说是统帅上的关系，有的说是政略上的关系；作战的技术，乃是战略上、战术上的事情。向来打仗的方式大概分为两种：一种是以多数打少数，就是所谓避实击虚的方式；一种是靠着交通便利的方式，这个方式就是非击破它的主力不可。所以交通越便利，就要以多数兵力击破主力，若果在交通便利的地方，朝发夕至，运用起来，很是容易。你在那里败了一次少数的敌人，又在这里打败了一个少数的敌人，这样的仗，即打了八个胜仗，还不如击溃了一个多数的敌人意义来得大，所以要用全力击破主力。

以上所说的，都是以往用的方式。最近几年来，最新的战术，就不是这个样子了。最新的战术，不是采取板上钉钉方式的，而是采取持久的游击战术。如今作战，不仅要把敌人的主力击破，即算打胜仗；要能把敌人的政治、交通、经济以及一切作战的资源，都破坏净尽，才算可以操必胜之券。1917年，俄国在革命的年代中用持久的游击战术，将俄皇的种种作战的资源一一破坏掉，最后终于统一了南俄，建立了苏维埃新政权。1919年，美日联合出兵西伯利亚，进到上乌金斯克同翁斯克，苏联用同样持久战的游击战术，或左或右，或进或退，联军为情势所迫，后来不得不相率先后退出西伯利亚。这也是用持久游击战制胜的好证据。

说到我国和日本打仗，阵地战、主力战当然不是主要的方式，因为有许多地方，如飞机、大炮以及兵工厂、炼钢厂、炼铁厂等全是不如它，不如它的地方太多了。可是我们比它强的地方也很多。这些强的地方，就是供我们持久游击战的最优良的条件。不讲关系战争的经济富源，就以人口而论，我们是四万万五千万，日本人口是六千万，这一件事，就能把它制住的。我记得在同盟国与协约国打仗的时候，同盟国的男子出了二分之一，协约国的男子出了三分之一。就是说，同盟国的两个男子中出一个去当兵，协约国三个男子当中出一个去当兵。我们国家的男子，按着人口总计来计算，为数在二万万二千五百万以上，如以三分之一来说，为数已七千多万了。这个三分之一的人口与日本全国人口比较，已经多着一千多万，他们的国家连男带女，也不过只有六千万人。如果我们出了二分之一去当兵，数目可有一万万一千多万，那更比他们多得多了。我们有了这么多的人，现在我们只要把民族革命的精神，不怕死的精神，都充分地注入人人的脑筋，一致的团结起来，认定非向日本鬼子拼死命，不能在地球上立脚，每个人能明白这个道理，我们是不怕日本的，一定能够报仇雪恨，还我河山的。当然我们不应当妄自尊大，胡吹乱说，看不起敌人；但也不要把敌人看得太高太大。他们同样亦是人，一样也只具有五官百骸。有的人一提起日本人就害怕，这是大错误。我认为日本人一点不可怕，但是也不要像义和团一样，把遇着的日本人，不分皂白都杀掉。日本纵是我们的死敌，但是日本人民中尽有许多是同情我们的。乱杀日本人，不能算是真正的救国。所以，救国的方法不可不讲，知识不可不求，而且非求新的战争知识不能有效地打击我们的敌人。请各位在这里，要特别切实地研究国民总动员的持久战的游击战术,为国家,为民族,为自己,求一个制敌人死命的有效方法。

今天恐怕耽误大家的功课,我所说的,很为杂乱,只不过诸位求知识进程中一点小小的帮助罢了。

在卫生署的演讲词

1937 年 3 月 27 日

今天和诸位兄弟姊妹们聚在一块儿，我心里感觉到十二分的荣幸。更承刘署长领导参观贵署各部，更使我感到十二分的兴奋。今天要来和诸位说的，仍是我们每个人念念不忘的抗日救国问题。

中国号称是拥有四万万五千万人民的国家，我们也曾以此自豪于世。但我们所有的不是像人家各国一人顶十的国民，而是每人都需要别人来侍奉的病夫。这样的国家如何能够强盛，这样的国家如何能够不被人家欺侮呢？

因此，我于民国十七年在京时便曾提议中央成立一个卫生部，各省成立一个卫生处，各县成立一个卫生局，来恢复我们四万万五千万民众的健康，来改进我们每个人的生活安全。可惜当时因为种种困难，没有成功。今天参观贵署，使我增进了不少的新智识，同时八年前一个记忆的片段，又浮起在我的脑海。虽然设施仍没有普及于全国民众,设备方面又免不掉有许多缺点,但这都是为经济情形所限,无可厚非。最可钦佩的是诸位那种殷殷作业的精神与孜孜创造的毅力,这实在不仅我个人引为欣慰,同时也是我们全民众的福音。

二十世纪西洋物质的进步,大都借重于科学,而科学对于人类最大的贡献莫过于医学。我希望在座的诸位能致力于西洋医学的介绍与研究,使我国普遍的民众都能享受这种科学的惠赐。同时中国的医理,也自有悠久的经验,中国的药物也自有它独到的效力,所以诸位现在对于中国药物的化验与医理的探讨,更是我衷心所企仰与敬佩的。下面两个例子更显示出中西医术的各有所长。我的一个朋友患小肠疝气,经许多中医诊治,吃了好些中药,统没见效,结果跑到协和医院一经开刀割治,没有几天工夫,便安然出院了。有许多人得半身不遂症,经西医治疗都束手无策,但经中医治疗,吃几粒"再造丸",就霍然告痊了。有一个朋友也是得这种病,也跑到协和医院诊视,经几次的开刀,不但没找着病源的所在,却把个膀胱给弄破,无法医治了。现在小便只好从肚上开个窟窿,引个管子,每天来放。这样看来,一味地崇拜西医与笃信中医,都各有它的得失啊!

话又说回来,再归到我们的本题。最痛心的是我们这号称四万万民众的国家,而现在竟被一个六千万人民的日本帝国主义者欺负到连猪都不如,连狗都不如,连孙子都不如。我们东北四省三千五百万的伯叔兄弟姐妹们早在那里引领南望,期待我们拯救他们脱离小日本鬼子的欺负蹂躏。我们要拯救我们东北四省的同胞，为要求我们自己的生存，为争取我们民族的光荣，就必得和日本帝国主义者拼个你死我活。这是我们民族国家生死的关头，这是我们当前急切的任务。

  但是我们看到当欧洲大战时，德法诸国一个战士受伤的次数竟达四五次之多，那全赖他们医生的精良手术与迅速的治疗。一经治疗立刻再回到前线，继续作战。在我们抗战的进程中，我希望我们的战士为他的祖国有十次二十次光荣的受伤，更盼望在座的诸位能给他们十次二十次迅速的治疗。

对无锡申新纱厂工人演讲词

1937 年 4 月 21 日

诸位先生、诸位工友：

兄弟这次有机会来贵厂参观，看到了贵厂机器的良好，设备的完善，规模的宏大，组织的严密和诸位工友的勤劳、熟练和自治精神，真使我非常敬佩，从而增加了我的许多希望和感想。兄弟借此机会将我的几点感想和诸位说一说。

第一，我看到诸位辛辛苦苦地将棉花纺成纱，又将纱织成布，而成为我们人人每天不可缺少的衣着之原料。诸位虽然是在一个厂屋内做工，实际上是替百千万人而劳动，这种劳动，对于我们全社会的人，一天也不可缺少的，所以诸位真正是社会的柱石。

第二，我国几千年相传的家家自己种棉，自己纺纱，自己织布，为自己做衣穿的男耕女织的状况，近百年来，已为外国的机器织布所代替了。可是因为荣先生[①]们的提倡

---

① 荣先生即荣德生，时为申新纱厂总经理。

努力，诸位工友的合作奋斗，我们现在也有了不少的机器纺织厂。现在不但是我们自己也已创造了进步的生产，又从外国人手中抢回了不少的利权。所以，诸位是抵抗外货的先锋，挽回国家利权的功臣。

第三，我国现有五百多万纱锭中，我国人民自己所有的不过三百多万。由四万万五千万同胞分配起来，要一百几十人才有一个纱锭，实在不够得很。

道理虽是这样说，可是事实上，我国东北四省的四千多万同胞，已由日本帝国主义压迫得不许用中国纱厂的出品了；天津的裕源、裕大、宝成、华兴四大纱厂共计有十六万纱锭，又由日本强迫收买去了，并且日本帝国主义除了在我国已设立的纱厂，共有二百余［万］纱锭不算，又打算在天津、青岛于五年内设立二百万纱锭的计划。

这个计划的目的是非常明白的，即是要把中国人自己设立的纱厂统统打倒，把诸位工友的生活完全杜绝，而使中国人个个都要靠买日本布做衣穿，最后还要把中国整个国家都要变成日本的殖民地，中国的全体同胞都要变为亡国奴。

所以，为了收复失地，为了不当亡国奴，并且为了自己的衣食饭碗，为了自己创办的实业，都非实行抗日，把日帝国主义打出去，把被抢去的土地、人民和实业夺回来不可。

第四，现在全国上上下下都觉悟到，非抗日不可，并且从各方面努力准备抗日战争。我们可以说，今年就是抗日救国年。在这个抗日救国年中，诸位自然必须要站在最重要地位的。

那么，诸位应该做些什么呢？我觉得，是和衷共济地为抗日而增加生产。荣先生是眼光远大的爱国的实业家，他一定能顾念到与诸位相共为命的关系，体念到工友的辛勤困苦的情形，来不断地改良工友的生活；而诸位工友亦必然能认识到实业和国家的危迫情形，相助相谅地共同来与日本帝国主义相抗战。

诸位须知道，我们多设一个工厂，多加一个纱锭，多产一支纱或一匹布，或节省一点浪费，一方面是增加抗日战争的一份原料，另一方面是无形给日本帝国主义打了一颗子弹。因为使日本在我国少卖一匹布、一支纱，即是使日本帝国主义减少了一分侵略我们的力量。反过来说，即增加了我们一分抗敌的力量。

诸位的时间是宝贵的，不再多说了。希望诸位先生、诸位工友一致的携起手来，为抗日救国而努力。

对无锡各界演讲词

1937 年 4 月 21 日

诸位同胞、诸位先生、诸位同学：

兄弟这次在返归南京的途中，贵县县长要我来和诸位说几句话。我趁这个难得的机会，贡献几点意见给诸位：

第一，兄弟这次由南京到奉化，又由奉化来到这里。一路所见，都是土地肥沃，出产丰富，实在是国家的良好的自然条件。然而那些地方都只是农业区域，无论农业的条件如何良好，如果没有工业，则都是被帝国主义侵略的坯子。

你们看，凡是工业国家都是强盛的；凡是农业国家，都是衰弱的。可是说到无锡，情形却就不同了。

无锡虽是一样的土地肥沃，农业丰富，而工厂也同样发达。听说，这里机器生产的工厂有二百多个，机器生产工人有十万多人。举凡面粉厂、碾米厂、榨油厂、糖果厂、棉毛纺织厂、缫丝厂、染织厂、针织厂、电汽厂、机器厂、化学厂、造纸厂等等，几乎应有尽有，而成为我国的一个重要工业区域。这在全国工农业落后的情形下，无锡实在占取了一个重要的地位。

第二，国家的富强，固然需要工业的发达，同时工业的发达，亦需要国家的保护。听说去年这里的工业、农业，都是很好的，然而这实在是偶然的侥幸。因为日本帝国主义把我国十分之一的土地——东北四省无故地侵夺了去，国家固然不完整了，而工业产品的销路亦被夺去了一个大市场。同时，日本现又在华北抢去了我国四个大纱厂，五年来，要计划设立二百万纱锭；要抢去我国的龙烟铁矿；要独占华北的煤产与棉产等等，最后还要把华北以至全中国的土地变为它的殖民地，全国人民作为它的牛马奴隶。

这种情形，如果不能阻止，失地不能收回，全国固然要灭亡，无锡也是要完全破产的。

打倒日本帝国主义的方法，一切和平谈判，提携合作，都是没有用的。唯一的办法，只有抗日战争。

诸位不要看日本表面上如何强横霸道，实际上完全是欺软怕硬。日本最怕的是中国的抗日。因为中国抗日，日本必然会崩溃的。

第三，我在路上看到日本报纸上宣传：明年四月要爆发中日战争。这种话，也许为日本军阀利用来刺激人民，使其在选举中得到优势，也许在侵绥外交和经济提携等等碰壁以后，又在准备对中国一个新的胁迫。

然而无论它是哪一样，不但对于它的任何新侵略，我国都要积极抵抗；并且我们等不到明年四月，我们就要收复失地的，首先是冀东、察北之无条件地收回。因为这种失地的收回，不单是为了报仇雪耻，而是为复兴民族，振兴产业所绝不可少的。

第四，无锡因为工业的进步、教育的发达，对于抗日救国的认识和要求一向是非常强烈的。在目前，为了自己生存的要求和日帝国主义的压迫，抗日战争已临近爆发的前夜。无锡各界人士，自然打算了要实行几件事：

（一）无论男男女女，都要参加军训，受军事教育。

（二）要努力为抗日救国而增加生产，无论工业、农业的生产，都要大量地增加起来。

（三）要竭尽人民的力量，设法开办重工业，如开铁矿、炼钢及机器厂等，这于发展工业及国防上都是万分必要的。

（四）尽量地提高工作效力，自动地实行战时计划统制。做工、做农的多生产；当兵的多做国防工作，多演习；学生多求有关战争的知识；公务员则多做事。

（五）最后，希望诸位不分地位高低，不论知识多寡，统统相助、相谅地携起手来，在中央领导之下，一致为准备抗日救国而加紧工作起来。

纪念察省抗战四周年

1937 年 5 月 26 日

今日是察哈尔抗日同盟军成立的第四周年。回忆四年前的今日，数十万军民在国土日益消失、主权日益沦丧的情形下，奋起保卫国土收复失地的艰难和牺牲，我们就应深刻纪念这一日。但是我们纪念的目的和精神，却不应该独限于纪念过去，我们更应该集中精神于开导未来。回顾九一八事变以来中国的民族斗争惨败的史实，我们不能没有新的认识和觉悟。今日国内外的情形已与四年前不同，我们更不能没有新的认识和觉悟。中国今日若能在新的认识和觉悟之下实行抗战，救亡事业的进展自必成功无疑。

说到抗日战争，除了察省抗日同盟军的抗战以外，还有很多同样的光荣史实。这自然是随日本帝国主义的侵略而发展下来的历史过程。自从日本帝国主义的大炮轰打北大营的刹那起，中国军民即以血和肉来酬应敌人。在这五六年间，对日的抗战并没有间断过，各地抗日军遗留下来的光荣史实永久是不会泯灭的。

第一,自从日本轰打北大营而中国官兵不敢正面抵抗的时候起,即有东北各地的义勇军奋起守卫国土,到处抗战。在淞沪战争期间,东北四省的义勇军共有三四十万之众,义勇军奋兴抗战的结果,给日本帝国主义以极大的打击。特别是嫩江桥的大战,杀敌无数,几使日本军阀胆寒,声誉震于中国。

其次,长城各口的抗战更足表现中国抗战自卫精神的伟大。冷口之役,特别是喜峰口一役,二十九军将士更以大刀队及其他粗笨的旧式武器抵抗敌人的飞机、大炮及坦克车,且能步步胜利,阻止敌人的前进,俘虏敌人甚众。

再次,十九路军第五军淞沪抗战之激烈,为世界所瞠目惊佩。三万孤军敌十万强寇,浴血三十四日之久。日本屡战屡败,我军再接再厉,致使日本不能不三易统帅,从少将等级换至大将等级。

最近绥东抗战之勇猛,不但击退敌人并且收复了百灵庙失地,这在一般国民还是新鲜的记忆,无待详述,也可知其功绩的伟大了。而在日帝国主义直接蹂躏之下的东北,数年以来,义勇军更是孤军苦斗,始终不懈。中华民族的精神实在不死!

过去许多次的抗战,曾经立下的伟大功勋和光荣历史固毋庸赘言,但是终局每次抗战只落得一时的成功。察省抗日同盟军所收复的察东失地,在同盟军结束后复又落入敌人之手。淞沪抗战虽然给予敌人极大的打击,而我国终于签订了《淞沪协定》。长城各口抗战虽勇猛,日军损失虽重大，我们仍不免于《塘沽协定》之缔结。这样看来，好像结果与原因相违背，有点奇怪，但是当中实有根本的原因存在，这个根本原因就是个别抗战和局部抗战的万不得已的缺陷。局部的行动已不适用于现代国家。现代任何国家欲其行动或政策发生作用，必须有统一的整个的一贯的方针始可，特别是战争更需要这种统一的整个的一贯原则。因为现代的战争已与封建时代的部落战争不同，是一种全国国民的或整个民族的工作了。现代战争并不独限于军队和军队的接触，而是多方面的摩擦。除了军队战以外，还有经济战、思想战、宣传战、救护战等等，实在是整个国民的总动员。所以，要获得预期的胜利，必须有整个阵线的布设，统一的步骤及一贯的方针始可。

过去五六年中继续不断的抗战，虽然留下了极大光荣的历史和将来全盘成功的伏线，但自每次抗战本身的结果看来，还应该承认是失败了。我们如想保持过去的光荣历史，实现将来全盘的成功，就须先补充过去万不得已的缺陷，结成整个的、统一的、一贯的"民族阵线"，发动全部国民起来一致抗战。最重要的前提还须要中国内部能协力合作，和衷共济。质言之，中国今日要达到抗战救亡民族独立的目的，必须对内和平统一，精诚团结。

和平统一与抗战救亡，实有互相规定互相发扬的作用。这一点根据上述已可知其半面的真理。要达到抗战最后目的的民族独立自由、领土完整、主权完整，必须先完成对内和平统一，精诚团结的前提条件。但是反过来讲，要完成"真正"的全国统一，长期间的国内和平，亦必须实行抗战救亡。大家现在已经觉悟到为着抗战救亡而有和平统一、精诚团结的必要，因而近年来和平统一及精诚团结的局面，已有高度的展开和相当的成就。但若在最近的将来不能发动一个全国统一的抗战，或者不向这个方向进展，那么这个和平统一、精诚团结的局面或将失其基础而终至于崩溃。因为日本帝国主义本质上的需要，必将驱使它的爪牙继续地侵占中国的领土，强夺中国的主权，而我国人民要继续沦为日本帝国主义的奴隶。不实行抗战，不独形成的统一局面不能保持，"真正"统一的实现更不可能。这一点，又是抗战救亡与和平统一互相规定的另一面的真理。所以，要实现一面的目的，必须完成他面的前提。舍其一面的工作，则不能达到任何一面的目的。

总理致力四十多年以期实现的"国民革命"，就是包含上述两面的意义。总理对内反对一切封建的压迫和榨取，主张树立民权主义及民生主义的统一国家，对外反对列强的压迫和侵略，主张民族的独立、自由、平等，以期完成民族主义。更确切地说，对内要消灭地方割据的局面，对外要保障领土与主权的完整。三民主义是一个整个的不可分割的理论体系，民权、民生主义与民族主义是互相规定互为前提的。欲实现民族主义，民生、民权主义固须完成，但是民族主义不完成，民生、民权主义也无从实现。就现实而言，国家不统一，固不能抵御外侮；实现民族的独立、自由、平等，但不收复失地挽回主权，保障领土及主权之完整，也就不能阻止国内的分裂，精诚团结更谈不到了。欲完成"国民革命"，抗战与统一二者实不能偏废。

总理临终还再三高喊"国民革命",惦念"国民革命"成功的热烈情绪,甚至写成明文留于遗嘱上。专以"国民革命"为志向的我们国民党党员,必须继总理之遗志,致力于和平统一抗战救亡,才不辜负总理一生的苦斗,也才不辜负四万万国民的付托!热望四万万五千万国民也皆深味这个真理,共同负起完成雪耻复土的当前任务!

精诚团结,抗敌救国[①]

1937 年 5 月

主席、诸位来宾:

今天是举行辛亥滦州革命诸烈士国葬大典的日子,兄弟代表中央执监委员会回到泰安来参加这个盛典;恰巧今天又是四年前察哈尔抗日同盟军成立的一天,回忆当时牺牲性命收复多伦的烈士,今天 5 月 26 日实在是个双重的纪念日。

今天虽然是一个双重的纪念日,可是滦州革命和抗日同盟军的诸先烈们,他们的殉难却都是为的一个同样的目的——救国救民的目的。滦州起义为的是推倒满清,创造共和,使中国不受满清的奴使,所以滦州起义是光荣的民族革命。而察省抗日也不仅是要保卫疆土并且是要收复失地,所以也是民族抗争。两次举义,当中虽然隔了二十二年之久,要打倒的对象也不同,但是两次举义的目的都是

[①] 本文是冯玉祥在辛亥滦州革命诸烈士国葬大典上的致辞。

为国为民，都是为的完成民族革命。今天在这里同时纪念这两桩事情，纵然是巧合，也是极有深意的。

辛亥滦州革命的经过，我们已经印了一本《辛亥滦州革命纪实》，在这里不必详说。总之，当时因为要联络革命同志，所以组织了武学研究会和军人山东同乡会（我们今天在山东泰安造碑造林也就是为的这个理由）。另外一方面，为的和南方的革命势力暗中取得联络，曾派王金铭之弟南下接洽。11月12日通电宣告独立，终因王怀庆的奸诈和张建功的变节，结果失败了。

滦州革命虽然终于失败了，但是这次革命的意义是很重大的。当时恰当武汉起义之后，南方革命军受挫于武昌，龟蛇两山正在危急的时候，满清依靠着新军的精锐，以为革命军是乌合之众，不堪一击，所以南北和议，延宕多时。等到滦州起义之后，牵制淮军十五营不能南下，二十镇也有二十营不能南开，而攻打革命军的第三镇又调回来了一混成旅八营之众。而且清室知道了新军也深染了革命思想，不能再战，因此，攻打武汉的清军，败退广水，清室终于自动退位了。

滦州革命的意义不仅在于促进了武汉起义的成功，而且在于后死诸同志本着先烈的革命牺牲精神，继续和帝制余孽及反革命者斗争，一直到十七年的北伐成功。所以我们在今天来纪念滦州革命，我们就要维护诸先烈所艰难缔造的中华民国。不许敌人再夺取我们一寸的土地，已经失去的国土，我们一寸一分都要把它收复回来，才不负诸先烈轰轰烈烈的死难。

四年前的今天，正是察哈尔抗日同盟军成立的时候。当时我住在张垣，敌人一百二十八名骑兵，以急行军而毫无抵抗地占据了整个热河。又看见了英勇的长城各口血战，虽然得了不少次个别的胜利，而终于被敌人各个击破，遭受了惨痛的失败，平津危急，即将缔结城下之盟。我看见敌人已经占据了口外重镇的多伦，不久就将占据察哈尔全省，而囊括整个内蒙古。我又看见从热河退下来的东北义勇军流离失所，军队、民众和学生的抗敌热情。当时我们好比在一间屋子里，强盗已经闯进这间屋里来了，我们也顾不得找手枪，也顾不得呼兄叫弟，只有抄起手边的家伙便和敌人拼命。察哈尔的抗日同盟军便是在那样的情况之下成立起来的。

正在同盟军加紧训练的期间，伪军张海鹏、崔新五等已经在6月4日陷宝昌，8日陷康保，威胁张垣。同盟军于是在6月中旬召集第一次军民代表大会，20日任命前敌负责将领，即日北征，6月22日遂克复康保。跟着就冒雨前进，于7月1日夜进驻宝昌。这个时候，抗日军节节胜利，伪军下级干部纷纷酝酿投诚。这种情形影响了驻沽源的伪军领袖刘桂堂，在抗日军克复宝昌的那一天，即通电就抗日军第六路总指挥职。驻沽源的伪军另一部张海鹏部陷于孤立，被抗日军击破，沽源也完全恢复。敌人既然连着失败，就决定集中伪军，构筑坚固的工事，死守多伦。而抗日军方面却要先完全收复察省失地，以为收复东北失地的基础，7月7日起，同盟军各军开始围攻多伦，不顾日机的轰炸，不顾伪军机枪的扫射，鏖战五昼夜，在7月12上午十点钟，分由南、西、北三门攻入多伦城内。失守了七十二天的多伦终于光复了，伤亡一千六百多人。

今天我们纪念察哈尔抗日同盟军成立的四周年，我们至少应该有两点认识：

第一，敌人是不可怕的。察省抗日的经验告诉我们，我们的枪械虽然不精，子弹虽然不充足，但是我们每个中国人杀敌的决心、勇敢的精神、民众和军队的合作，足可以补救武器上的缺点。我们看抗日军，不怕淋雨，不怕挨饿，不怕吃苦，不怕轰炸而终于收复了察北。所以，只要我们有计划有步骤地和敌人抗战，胜利一定是属于我们的。

第二，抗日军收复了察东四县，而不能继续完成收复东北四省的工作，最主要的原因是不能动员全国所有的力量和敌人斗争。所以，今天为纪念抗日死难诸先烈，我们就要国内精诚团结，共同从事抗敌救国的工作。国内无论发生了什么问题，我们都要以真诚相见，无话不说地提出来大家商量，以求解决之道。我们要知道，敌人对付我们的最狠毒的办法，就是挑拨离间分化……要我们自己打起来，它好在旁面收渔人之利。我们国内和平，共同抗敌就是对付敌人的最有效的策略。去年绥远抗战胜利之后，全国抗日的空气更加浓厚。我们全国同胞要把这种精神发扬光大，必定能达到完全解除国难的目的。

5月26日是双重的纪念日。为纪念滦州革命和察省抗日的诸烈士，我们却只有一个中心的工作，就是在精诚团结抗敌救国的前提下，各尽所能地为民族国家而努力奋斗！

步炮兵联合演习讲评

1937 年 5 月

各位：

　　这次演习周副监及邹教育长俱曾讲评，说得甚为详尽，并指示一切，亦悉合机宜，我可不庸多说了，但就自己所见到的略为补充而已。

　　方才在沿途和阵地中看到人、马、车辆均有良好的伪装，足见各部队对上空对敌方已注意隐蔽，颇有实战的观念，可说是近来的进步。

　　唯各士兵有一部分，携有白手巾带在腰间，远远可以认识，不免容易为敌人看见，此为行军应避忌的事情，望大家于此等处注意。

　　又见有几位乘马军官，过着一尺不满的水沟，使尽了种种方法，马终于未能过去，可见平时对马匹超越障碍的训练未能切实练习，不能应战时要求。

　　步炮为作战首要之需，以熟为妙，其演习愈多愈好。

且如邹教育长所讲的，选的重炮阵地，亦尚不甚相合，应更多演习，自然无瑕可指了。

许多的士兵们，在剧烈劳动之后，汗浸透了他们的衣服，坐在地上凉风吹着他们要发抖，他们有什么收获呢？没有。他们不过供给各位将校学术的研究罢了。希望各官长把所演习的，真正逐条详细记录下来，方不负他们这一番辛苦的成绩。

国库空虚得和水洗过了一样，然而对于我们演习费用还是尽可能的力量发给，为的是什么呢？也无非是要增长各位将校的作战经验，望俱注意，勿轻放过。

我们在每次演习中，都应深刻求我们学术的进步，以期将来效力疆场之用，这才不至浪费士兵的血汗和人民的脂膏。

同志们：这次演习，时期恰逢是五月。五月真是我们最大的国耻月，每个官兵应当特别增加我们的敌忾心，如"五三""五七""五九""五卅""五卅一"，大都是痛心的日子、辱国的日子。

仅仅只有"五四"是民族解放运动。它的革命效果，虽然似乎是微弱呼声，但从此开了反帝国反封建的途径，于民气上，于国格上实为很光荣的。

再有"五二六"是英勇战士们在察哈尔抗日救国的起义日子，收复了康保、宝昌、沽源、多伦四县，因战事激烈伤亡了一千六百多人，只团长就有四人阵亡的，算是给予了外来的强盗一些小警告。此事虽然有些人不免渐渐地忘了，但还有许多同胞念念在心，永远不忘的。

同志们，现在的国难，照当年造成五月各国耻日的情形，还十百倍的严重了，东北四省失地及冀东察北的被占，这无疑的是我们军人的大耻辱，希望各位在我们贤明领袖的领导下，精诚团结，努力奋斗，以昭雪这五月内一切一切的国耻。

今天周副监、邹教育长所讲的话，确当而有意义，希望诸位愈加奋勉，精益求精，以成御侮救国之志，庶不负周、邹二君训勉的话。

对中央军校武汉分校首都参观团的讲演

1937 年 6 月

诸位官长、诸位同学：

这次武汉分校同学远道来到首都，有机会能够得到许多实地的经验及书本上操场上和野外所得不到的知识，希望各位最有效地利用这个机会，仔细地研究，锐敏地观察，一定能够得到很多的进步。

诸位这次来参观的时候，正碰着我们民族国家的敌人——日本帝国主义对我们做极力的压迫的时候。所谓汕头事件、青岛税警问题，都是曲在彼而不在我。而敌人却大派军舰，在报纸上故作煽动的记载。但是这种威胁对于我们并不能发生什么作用，我们对于敌人无理取闹的行动，已经予以严正的应付。不过这种威胁的手段，就敌人内部说起来，对他们是有用处的。我们要知道日本帝国主义在对华政策上是穷凶极恶，可是他们的国内却是危机重重，经济的破产，政治的腐败，外交的孤立，军阀派别的分歧，足以致日本帝国主义的死命。最近，危机更加严重，所以日本政府就极力对中国制造事件，以转移国内民众的目光。

先从经济方面来说，日本的农村非常的穷困，成年壮丁抢着吃客人扔下的西瓜皮，青森一县一年中年轻妇女被卖到都市里作娼妓的有七千多人。今年日本举行征兵检查，一千人当中有四百五十人因营养不良而不能合格（1916年只有二百五十人不合格），这一点也可以反证日本农民生活的困苦，因为日本的士兵大多数是从农村里面征来的。都市里面物价天天高涨，工人生活也日益困苦，所以罢工事件也自然增加得很多。就据日本官方内务省发表的统计，今年1月到3月，罢工的事件一共有七百多件，四万八千多人，即件数增多一倍，人数增多两倍有余。今年第一季日本的对外贸易也异常悲观，共计入超三万万二千万元，比去年第一季增加三分之一。这样，当然只有使得整个日本更加贫困，国内秩序日益不安。

日本的政治可以说完全是恐怖的政治，自"九一八"以来，首相被刺身死的，就已经有滨口、犬养毅、冈田；去年底本年初广田内阁的下台，林陆相的组阁，也完全是适应军部的需要。同在林内阁执政不过五个月，成为日本内阁史上的第二短命内阁而让位于近卫文麿，近卫与法西斯军人最为接近，今后日本的政治更将完全唯军阀之马首是瞻。日本的政治操纵在军阀手里，就如同一只船操在一些喝醉了酒的舵师的手里，早晚一定会翻船，这是我们可以预断的。

日本外交的孤立也是日本帝国主义的一个大难题。自从去年冬天日德同盟、日意协定缔结以来，全世界上除了德意这两个侵略的弟兄以外，日本没有一个朋友。所以这一次当我们孔院长到伦敦参加英王加冕礼的时候，日本便低声下气地请求英国合作了。但是各国对于日本侵略的野心都看得很清楚，聪明的国家是不会再和日本做朋友的。

日本军阀这样的蛮横，但是他们的内部仍然是意见不一致，各自矛盾着。最先，陆军和海军就不能一致。陆军主张北进政策，海军就主张南进政策。而陆军和海军又各自分成许多的派系，譬如单就陆军来说，就有以荒木、真崎乃至桥本等为首领的少壮派，有以宇垣一成为首的稳健派，又有以林陆相为首的中立派。这些派别各不相让，互相倾轧，演出种种暗杀的事件，最有名的前永田军务局长的被刺，不过其一端而已。

我之所以这样比较详细地说明日本的缺陷和劣点，第一，在指出日本国内危机重重，威胁我们虽然是想达到进一步侵略我们的目的，而一方面也是为的转移国内的目标，维持日本帝国主义的统治。敌人自然是迟早要用大规模的军事力量来压迫我们，但是"一・二八"长城各口、察北和去年冬绥远的抗战，都给敌人一个很大的教训。敌人对于大规模的军事侵略虽然极力准备，却不能不有相当的顾忌。我们看清了这一点，对于敌人的威胁，自更能有适当的应付，而使敌人的威胁政策归于无效。第二，由于对敌人缺点的认识，可以加强我们的自信心，可以坚强我们抗敌图存的信念。敌人若是进一步地压迫我们，我们就毫无问题地予以猛烈的抵抗；而在我们收复失地的整个军事计划上，最先我们就要收复察北和冀东。我们每个中国人不仅肩膀上担负着责任，要拯救三千五百万同胞于水深火热之中；而且我们要有很清楚的认识，即敌人缺点很多，我们一定会得到最后的胜利。以上，算做了一点知彼的工作。现在，我们再返回来看看我们自己。五六年来，由于国难的日益严重，全国上上下下都有很深刻的觉悟，知道只有"精诚团结，抗敌御侮"八个字才能救民族救国家。虽然说，几年来我们的进步未免太慢了，但是我们总算一天一天地在进步着。前年11月4日所实行的法币政策，是一种历史上空前的举动，只要我们保持一年多来的成绩，则抗敌的财政金融准备，就已经算是打下最初的基础了。其他如铁道公路的建设，内河航行的整顿，与军事有关的硫酸铔厂的创办等等，都不能不说是与国防有关的经济建设。在政治方面，从去年夏天的两广事变起，经过去年冬天的西安事变，一直到最近四川军政的改革方案，都能够大事化小，小事化无地使国内自相抵消力量的行动不至于发生，而精诚团结的形势终能前进一步。至于今年11月即将举行的国民大会，则是集思广益，使全国人民共赴国难的一种组织。外交方面，从不承认广田三原则起，去年川越在成都汉口等等事件之后，向我们提出种种无理要求，我们就提出五条反要求。最近，广田再做外长，我们的外交政策当然只有拿比应付佐藤更严正的态度来和敌人折冲樽俎。至于其他的国际关系，各国均同情于我。法苏不用说，即英美也愿意帮忙我们，这和敌人的孤立形势迥然不同。至于军事方面,诸位原来就知道得很多,这次到首都来又看到许多国防的建设。关于此点,不必多讲。最后,年来普遍全国的新生活,讲究简单、严肃、纪律、清洁,使全国同胞都能有健康的身体和健康的精神,这对于动员全国民众共同抗敌是很重要的。

诸位既然知道了敌人的缺陷,又知道了我们自己年来的进步,那么,诸位应该怎样做呢,第一,诸位要为抗敌而继续努力学。总理说:"革命军的基础在高深的学问。"离开学校以后,仍要不断从事于军事和与抗战有关的学术的研究,准备时时针对着敌人的缺陷,利用我们的进步,整个推翻敌人对我们的压迫。第二,诸位将来到各部队服务,实际领导弟兄,一方面要与士卒同甘苦,一方面要努力爱国教育。总理说:"舟在大洋,触石将沉,乘舟者若不协力救助,犹自点检行李,试问舟果沉,行李尚能独存乎?吾人对于国家,亦即如是,坐视其亡,将无立身之地,救亡之责,端赖军人。"诸位一定要把这种意思灌输到每位弟兄的脑筋里面去,使每个军人都能在抗敌战争中,勇敢前进,视死如归,才算尽了我们的责任。

武汉是中国的心脏,诸位负的责任很重大,希望诸位努力。

在中央国术馆体育专科学校
毕业典礼上的讲话

1937 年 6 月 20 日

我们中国是从古就注重体育的。古来六艺当中"礼、乐、书、数"之外,"御、射"都是与体育有关的。近代的欧美各国更注重身体的锻炼,他们把良好的身体,当作一切事业的根基。大家都知道,西谚有句话说:"健全的精神寓于健全的身体"。古人的办法和欧美的这种主张,都是非常正确的。中国许多年来,古人遗留给我们的珍宝——国术有衰微的趋势,而从欧美国家学来的新的体育,又还没有普遍;所以,政府才建立中央国术馆,并设立体育专科学校,培养国术和体育的干部,提倡重视体育的风气,普遍地去锻炼国民的身体,使国民能有坚强的体格,好担负艰苦繁重的工作,而完成伟大的事业。

国术和体育是可以相辅而行的。国术着重个人的训练,它的长处在于经济方面少花费,随地都可找到练习的场所,因之极容易普及全社会。体育着重团体的训练，不仅注意于个人体力和技术的增进，尤其注重培养合群的精神与不求个人荣誉而求团体荣誉的美德。

特别是在目前我们国难日益深重的情况之下，抗日战争是全国民的决死斗争，是每一个国民都应有的责任。抗日战争的爆发，并没有多少时间的等待。然而，我们希望战争爆发的前夜，要做到每一个同胞都能赶快锻炼成一副铜筋铁骨，个个都有健全耐苦的身体，个个都能和敌人做拼死的奋斗。所以在国难期间，提倡国术和普及体育，是有很大的特殊意义的。

中国社会到今天，还没有能够完全脱离旧思想的束缚，只知道有家而不知有国的心理，虽然已经大受先觉者的攻击，可是还很强烈地存在于许多人的心坎中。这种心理极需要打破。要把合群的精神，牺牲个人为团体为国家的精神，灌输给每个国民。这样才能使得全国人团结得像一家人一样，像一个人一样，共同为挽救国难而努力。要达到这个目的，用体育去训练民众，也是一个重要的方法。

在诸位就要离开学校踏进社会去的今天，我愿意告诉诸位，诸位的责任是异常重大的。诸位要认清楚，在目前的中国，体育有怎样的重要性，要挽救国难，体育又有多大的重要性。然后不畏艰苦到农村，到穷乡僻壤，用体育去训练一班青年以至所有国民。使他们有健壮的体格，有合群御侮的精神，有不屈不挠勇敢杀敌的意志。现在各省市区都有体育委员会的设置，主要省市也聘任的有体育督学指导员，全国公共体育场已设有一千五百所左右，政府也有普遍提倡体育并注重团体运动的明令。希望同学们本着国难期间提倡体育的主旨努力做去，养成自己丰富的常识，尤其是对应付国难的方法，要有深刻的认识；在青年与一般民众的体育训练中，不仅要注意他们的技术，尤其要注意他们体育的道德，并且要使他们明了国难期间体育训练的目的和意义。能这样，国难一定能挽救，诸位也就算尽了救国的天职了。

在央广播无线电台的演讲词

1937 年 8 月 6 日

诸位同胞：

在今日，我们的民族敌人日本帝国主义，又以武力攻占我们的平津，屠杀我们的同胞，现在平汉铁路、平浦铁路和平绥铁路沿线到处轰炸我们的时候，真正到了我们民族存亡的最后关头。我看到听到许多同胞，无有一个不是在愤怒敌人的暴行，都在打算如何为国家民族的存亡而奋斗。我们看到平津一带的军队，如何忠勇地牺牲自己的生命，抵抗敌人的进攻。虽然战争的结果，我们暂时小有失败，可是这一切表现，已证明我们能够抗敌救国并且保证我们能够获得抗战的最后胜利，所以我今天就来和诸位谈谈，"我们应如何抗敌救国"的问题。

我们政府对于敌人的态度，已经蒋委员长几次明白剀切地昭告于全世界，就是我们以平津及华北主权的不受侵犯，为我们暂时忍耐的最后关头。所以，现时除了日帝国主义彻底悔悟返还一切侵占去的领土主权以外，我们只有为争取国家的生存而奋斗，我们只有实现蒋委员长的主张而抗敌。说到如何抗敌救国，我们可以分三点来说：

第一，我们应如何正确地估计敌人？

这个问题，我们又可以分三点：（一）六年来敌人不断地对我国侵略，尤其是最近，敌人在卢沟桥和平津的袭击轰炸，已经最后一次地打碎了少数人以为日帝国主义的侵略还有止境的幻想。另一方面，这些惨痛的事实，又不免激起一部分同胞把全日本人民都看成敌人的错误认识。我们要知道，侵略中国的是日本帝国主义凶横残暴的日本军阀。至于日本人民，我相信大多爱好和平，拥护公理和正义的，我相信他们终有一天会和我们携起手来，制裁他们横行无忌的军阀，打倒他们帝国主义的政治。但是我们对于日本帝国主义和军阀却绝不应该再存有丝毫的幻想，他们只有覆亡于我们全民族革命战争的铁血之下时，才能收拾他们贪得无厌的野心，才能认识世间的公理和正义。（二）我们还有些人，把敌人的力量估计得太高，把我们自己的力量估计得太低。他们所以把敌人力量估得太高，一方面是太高估计了敌人炮火的效力，另一方面又相信日本可以在我国国民中用威胁利诱的卑劣手段收买许多人去作工具。关于现代战争中炮火的效力，我们在后面再去详细的说明。现在就以卢沟桥的战事而论，这是敌人处心积虑至少计划了一二个月以后的行动。为什么他们攻击了两个星期，伤亡到由五百至三千人还没有攻下？由此可见，只要我们的将领和士兵能忠勇爱国，不怕牺牲，相当地有点准备，就可以抵抗敌人武器的优势，就可以打击敌人外强中干的轻举妄动。同样地，我们平南战事的失败，固然由于敌人武力的集中与众多，然而亦由于我们自己的准备不够，否则敌人是不会这样容易得手的。又比如，敌人早已把二十九军和二十九军的将领看成可以随意支配的工具。然而，宋哲元到了紧急的关头还是要不顾一切地还手；二十九军的官兵，还是要忠义奋勇地抗战起来。所以二十九军这次几千人的死亡，死得真有价值，实不愧为中国的革命军人。再如日本一手制造的冀东伪组织之下的保安队，因为张庆余和士兵的幡然反正，一天工夫就把通州的日本军队杀死两百多，而举起抗敌的旗帜。由此可知，敌人所制造所希望的我国内部的矛盾，在民族生死关头的时候，必然能够一致地站在抗敌战线上，共同挽救危亡。而日本所夸耀的武力，并非是不可战胜的。况且，现在有的不过是前哨战斗，如果展开了全面的持久战时，他们的内部问题，还要更多更大。（三）另一方面，又有些人把敌人的力量估计得太低，以为只要我们军队一还枪，敌人就得败亡，这也是不合事实的想法。因为民族革命战争固然不能单靠武器的优良，但是我们至少得有决心、有计划、有准备。我们要避免敌人之所长，以袭其所缺；利用我之所长，以攻其所短。因为敌人内部固然有许多矛盾，士兵们都有畏缩怕死不愿打仗的心理，但是亦必须在我们长久的抗战与反攻之下，他们内部问题和矛盾才能完全暴露出来。总之，我们对于敌人的力量估计得太高或太低，都是错误的。估计太高了，结论只有等待做亡国奴，或是甘心情愿地做汉奸；估计太低了，不免要受许多不必要的失败和损失，反而增加了敌人的凶焰。因此，我们对于敌人的正确估计，应该是敌人的物质力量并不可怕，我们必能战胜。而这个必能战胜的条件，就是我们举国上下坚毅一致的决心，周密具体的计划，尽可能的充分准备，和持久的大规模的抗战。

第二，我们应该如何正确地认识抗敌政策？

我们现在所以要实行抗战，完全是我们的敌人逼迫出来的。我们并不是不爱好和平，正因为过去我们过于爱好和平，所以成为日本帝国主义侵略不已的对象。现在只有用抗战手段，方能取得真正的和平，方能使全世界各民族获得平等自由的生存发展之权利。因此，我们的坚决抗战，不是以一死了事，保全了个人的人格和国格就以为足，而是少数人的牺牲，求得全民族无数人的永久生存。我们不是毁灭我们的民族和国家建设，使敌人即使占领了全中国亦毫无所得，而是要在敌人的侵略中，把无论未被或已被敌人侵吞了的地方，用我们顽强抗战的手段，完全把敌人驱逐出去，而取得国家的自由与平等。我们这个最后胜利的信心，绝不是幻想，而是教训。总理中山先生曾分析武昌起义的事，说明这个道理，他说："有熊秉坤者，新军中一排长耳，见事机已迫，正在大索党人，若不我先发制人，终必为人所制，置于死地而后已，等死耳，不如速发难，因将此意告诸同志，佥以无子弹对，后由熊秉坤向其友之已退伍者，借得两盒子弹，分授同志，革命之武器所恃者仅有此数。枪声一起，炮兵营首先响应，瑞澂、张彪相继逃窜，武昌遂入于革命党人之手。彼满清方面，军队非不多也，枪弹非不备也，当革命风声传播之时，瑞澂且商诸某国领事，谓若湖北有事，请其拨军舰相助，布置如此周密，兵力如此雄厚，乃被革命党人以两盒子弹打破之。诸君试思，两盒子弹，至多不过五十颗，即使个个命中，杀敌不过五十人，能打破武昌乎？余以为打破武昌者，革命党人之精神为之。兵法云，先声夺人，所谓先声即精神也。准是以观，物质之力量小，精神之力量大，可于武昌一役决之。此第就本国而言，已有此先例，试再言外。前此意大利人有加利波地者，为一有名之革命家。彼亦非有如何武器能力，当其渡海攻城也，以一千人与三万人敌，相持四五日，卒由他路抄袭入城，此在战略上战术上无论如何均不能取胜，而事实之相悬如此，将谓以少胜众乎？直乃精神胜物质耳"。这一段遗训，是我们今日所当切记的。现在日本帝国主义，其战斗力固远胜于满清政府，但我们现在的武器亦远胜于辛亥革命军。况且，我们有的是伟大的民族精神，而日本帝国主义恰如日俄战争时之俄国，毫无精神可言。所以，这次中日战争的结果，只要我们彻底地抗战，失败者必定是日本，最后的胜利必定是我国的。

第三，我们应如何实行抗敌救国？

从上面所说的看来，我国对于抗敌救国的办法，约有三点：（一）发扬我们民族精神，如同毁家纾难的令尹子文为公不为私，申包胥的为国不为家，岳武穆的忠心报国等等。我们首先要把许多不良的观念，比如自私、不诚、怕死、为家不为国、明哲保身等等这些观念，铲除净尽，不留一点奴隶坯子。我们现在应该刮垢磨光，以"为公"代替"自私"，以"忠实"代替"不诚"，以"牺牲"代替"怕死"，以"战死于战场"代替"寿终正寝"。我们如果个个人做到只知有公，不知有私，忠于国，忠于民族，不顾家庭，牺牲个人小我的生命，换取民族大我的生存，则我们的国家必能从日本帝国主义压迫下，获得自由平等的地位。比如土耳其和苏联的反抗战争，都是以民族抗战的精神，而获得胜利的最好榜样。

（二）我们要知道抗敌战争的进行，是一个长时期的艰苦巨大的工作。我们除了贡献我们身体到战场上去奋斗，还应该贡献我们的金钱财产给国家，以充作一切必要的战费。最近听说侵略主义的日本，在卢沟桥事变发生以后，他们的国民尚有捐助一百万元五十万元给国家的。我们是站在生死存亡之最后关头的人民，所以我们更应该比敌人还要加倍踊跃地来毁家纾难，人人将他所有的金钱贡献一大部分给国家，则我们自然不怕财政困难，不怕我们没有新式的武器来抵抗敌人了。

（三）抗敌战争，无疑地是一个巨大的消耗战。我们国民应该加倍地替抗战生产用品，加倍地替抗战节省私人用品，实行不供给原料与敌人而将节衣缩食和生产所得的物品完全集中到国家手里去。这样，我们的抗战就可以持久，力量就可以加大了。

最近敌人已经在他们国内实行第七次的征兵，并且增加战费四五万万元，又宣传要将二十八个师团来攻击我国。民国四年的时候，日本曾以动员军队吓住了袁世凯，使他完全承认了它所提出的"二十一条"。同胞们，现在已不是那个卖国的政府的时代了，我们要动员四万万五千万人，以答复它动员二十八个师团。我们要把精神把金钱把物力都贡献给抗敌斗争上去，以拼死地战斗打击我们的敌人。现在世界上还无所谓什么真理及和平，谁的力量大，真理和平就在哪一边。现在是我们全体国民为公理、为正义、为生存、为和平、为国家、为民族、为自己、为子孙牺牲一切精神物质的最后关头，要人人起来参加抗战，方可生存。不然则亡。总理中山先生教训我们说："安南有一个大官，住在河内，叫作黄高启。从前安南没有亡国的时候，他做过了宰相的。所以他是升了大官，发过了大财的。因为他很有钱，所以置在河内的产业便非常之多，家中的花园也非常之大。但是安南现在亡了，他就是做过了大官，发过了大财，还是要做法国的奴隶。国家亡了，要做外国人的奴隶；就是升官像黄高启，发财也像黄高启，无人不骂他是亡国奴，他还有什么荣耀呢？国家之存亡，和我们人民有很大的关系。如果国家是强盛，大家便荣耀；国家是衰弱，大家便耻辱。"中山先生的这般遗训，也就是我今天贡献给诸位的意见。希望全国人民都在政府统一领导之下，实行坚强持久的抗日民族革命战争。敌人是不足怕的。一次二次小失败，也是不足虑的。只要我们全体国民愈接愈厉地抗战下去，胜利终是我们的。

对四川战地服务团的演讲词

1937 年 12 月 28 日

各位兄弟、各位姊妹：

　　昨天你们的团长来说，要我和各位说几句话。我看到各位辛辛苦苦，坐船、坐车或者步行几千里路到前线去服务，这种吃苦耐劳的精神，这种军民合作的精神，真是可佩服的。

　　各位到前线去服务，免不了要知道前线的情形。我在京沪线、津浦线和平汉线都曾有过一些时候，可以把前线情形向各位说一说。在后方的人，常常说敌人的飞机大炮厉害，其实我们的飞机大炮，何尝不厉害呢？不过我们的飞机总不能在自己的后方投几个炸弹，给我们的老百姓看看它的厉害。有航空界中的朋友告诉我，不久以前，共用了四天的工夫，就炸坏了敌人的十七条兵舰。炸的情形后方人虽看不见，可是我们对敌人是不能留情的。抗日战争一定是一个长久的拼命和消耗，谁能够支持到最后，谁就是胜利者。现在的战场从广东到包头，曲曲折折有一万多里。后方人民有的看到有二十几万伤兵就觉得不得了，其实这还不过才开头。为了民族要自由独立，不能不继续地打仗，除了愿当顺民、当亡国奴，就万万免不了忍受这暂时的牺牲。欧战中死伤的有几千万人，英国剑桥大学的学生百分之八九十，都是在阵线上伤亡了，常常有父子兄弟都同去作战，可见保卫一个民族的生存，是非常不容易的。我们和他们比较起来，真不过才算起头呢！

　　说到前线军队的作战，真如十个指头有长短。有些士兵的精神纪律都很好，打仗都很勇敢拼命，但是也有些不能一样的。这就是我们今天的任务：使素质好的更加好起来，变成抗日的铁军、钢军；素质不大好的，也要使他跟着变好起来。这不但是持久战的要求，不但是全国人民的要求，也是许多官兵自觉的要求。

　　这回大家到前线去，是一件很艰难的工作，也是一件很光荣的工作。克里米亚战争时，英国南丁格尔女士看到前线的士兵伤亡甚多，得不到应有的治疗，就拿出了一百万的家产，雇请了几千个医生和护士，到战地上搭下大帐篷。死亡的，掩埋了；受伤的，抬到帐篷里去医治；由他们洗澡、包扎、服喂汤药、侍候屎尿等等，细心体贴地服侍弟兄们，并且谈故事、唱歌曲、写书信等以安慰他们。南丁格尔说，这些士兵是我们的父亲，是我们的兄弟，他们为了国家民族而不惜牺牲性命，我们应当如对父母、对兄弟般的感谢他们，服侍他们，才足以报偿他们的牺牲于万一。因此，英国的士兵都能很快地恢复健康，重上火线。

法国看到南丁格尔之事业的成效，也就仿行起来，一时英法联军士气大振，战斗力大增，很快地就把尼古拉的军队打败了。南丁格尔的这个事业，就是今日女护士的起源，也就是今日红十字会的起源。后来战争胜利，英兵回到国内，人们都奖赞他们的功劳，但士兵们回答说，我们哪有功劳，我们都是些病兵、伤兵，所以能够胜利的，完全是南丁格尔的功劳，她就是我们的母亲和姊妹。

我国的军队，素来是落伍的，这几年才有进步。各位到前线，士兵们的身体上的创伤要待医护的，以及精神教育上的不健全要待刷新改革的都很多很多，这都是有待于各位之努力的。

说到服务工作，自然不容易。第一要忍耐。前线的士兵，生活本来就很苦，加以在枪林弹雨之中，假如受了伤，脾气更是容易急躁，心情也不免是烦恼的，这就需要耐着心儿去调护他们，去慰劳他们，和对他们施以种种的精神教育。在南京时，我这里有几位研究室里的先生们的太太，把几个月的小孩子都寄养在亲戚朋友的家里，他们自己到伤兵医院去服务，端屎端尿，忍着性儿去服侍伤兵，这种精神实在是我们服务人民所必需的。第二要吃苦耐劳。前线上的吃穿是不齐全的，休息也无一定的［时间］。我们今天下着雪，看见大家冒着雨雪步行，已是很苦了，但是前线上就要更苦得多。我曾经看见有五百多个伤兵，在敞棚底下躺着，天晴还可以，风雪时怎么受得了。我去找他们的官长，商量了半天，问他们为什么不找房屋住，他说有命令不许住民房。他们守纪律的精神虽可佩服，但受了伤的士兵，已经躺了十几天，大风雪下怎么办？实际情形真有许多困难。要解除这些困难，要做到军民一致就好了，俗话说："百姓帮忙功自成"。军民如能做到一致，不用说作战上会得到不可计算的帮助，就是住的吃的，也是会容易解决的。各位到前线，最重要的工作，就是做到军民一致，使士兵知道老百姓的痛苦，使老百姓知道士兵为谁打仗和牺牲。我编了《军人救国问答》二十八条，主要的就是因我们的军队程度不齐，要使他们知道爱护老百姓、帮助老百姓的重要。回头拿几本给各位看看，诸位觉得内容还可以用，请读给弟兄们听，并对他们解释。

我们的军队，有的精神教育很好，有的只重形式的整齐。有少数师长、旅长大人，一夜麻将输去一个月饷；有的吞云吐雾地抽鸦片烟；有的官兵抗战决心很高，只恨自己没有死，受伤了觉得很荣耀；有的看到师长、旅长有十二个太太，八个太太，而自己一个也没有，那就到处乱来起来。总之，有革命教育的好，麻将教育、鸦片教育的就不好。能做到军民合作，那么百姓帮助功自成，绝无不打胜仗之理。如果军队是军队，老百姓是老百姓，甚至骚扰老百姓，弄得互相对立和仇视，那没有不失败而自趋灭亡的。

……

这里地方窄，没有好的招待，做了一点点心，上面有几个字，东西虽少，但意思诚恳。北方有句土话说："瓜子不饱是个仁心儿。"

在四川合江县城献金大会上的演讲

1943 年冬

同胞们，倭寇说三个星期即可灭亡中国，三个星期之后，又说三个月可以完事，三个月又过去了，他们又说至多半年，一定灭亡中国。现在，中日战争已经进行了六年多了，我们还在自己的国土上生存着！这是我们前方几百万将士同敌人拼死战斗的结果！

可是，我们前方的将士，还穿着草鞋，有的还赤着双脚，扛着单发步枪，同凶恶的日本鬼子拼杀。我们的将士冻死饿死的不计其数！我们的将士受伤后得不到医治而死亡者不计其数！在长江两岸战场上，我们的将士在淫雨里没有雨衣，只能穿着湿衣服坚守在战壕里！

同胞们，我发起节约献金运动，完全是出于本人的良心，是受前方将士的精神鼓舞。同胞们，让我们都拿出自己的良心吧！今天，无论老少男女，都要立个新的志向，下革新的决心，那就是：不把倭寇打出中国绝不罢休！同胞们起来！献出你们的良心和赤诚，用我们所有的力量，支援前线，支援抗战！

美国应立刻停止援蒋[①]

1947 年 12 月

各位女士、各位先生:

今天是珍珠港事件六周年的纪念日,我能和各位见面、讲话,觉得有特殊的意义。从六年前的今天以后,美国青年和中国青年为着反抗共同的侵略敌人——日本帝国主义,手牵着手把血流在一起,使中美传统的友谊,变得更深更密。今天来纪念珍珠港事件,首先我们要对这些为反对法西斯侵略强盗而牺牲的中美烈士们致最高的敬意,并祈祷中美伟大民族的深厚友谊将日益发扬,日益光大。

六年前的今天,是日本帝国主义最后一次最大一次的冒险。从 1895 年中日战争日本得胜以来,特别是在 1905 年日本打败俄国之后,日本帝国主义者真是骄傲万分,认为它是神的民族、全世界上最优秀的民族。它国内一切均被军人所把持,厉行军国主义,于是恣意向外侵略,不但

[①] 本文是冯玉祥在珍珠港事件六周年纪念日的致辞。

妄想建立"东亚新秩序",甚至想建立"世界新秩序",所以就在六年前的今天,不顾一切来进攻美国。它的失败是必然的。妄自尊大,企图做全世界主人的帝国主义者,在今天的世界上是一定不能长久存在的了。

我现在要来做点自我介绍。我叫冯玉祥,十二岁入伍,去年六十六岁退伍。十五岁以前,在北京信仰基督教,因此被美国朋友称呼为"基督将军"。我去年九月奉国民政府命令到美国来考察水利一年,今年九月满期,奉命再继续考察一年。一年多以来,我参观过西士塔大坝、鲍尔德大坝和 FDA 的工程等,最近到明那索塔州,还看到了密西西比河上游的水利设施不少。

我们中国在胜利之后,正是用全力来建设的好时机。去年我离开祖国的时候,抱着满腔热忱希望不打内战,我回国的时候能对水利建设有些微薄贡献。谁知道中国的内战打得一天比一天更厉害起来了。

当中国内战爆发之时,我还在国内,对内战爆发原因,知道得很清楚。一句话说,就是反动派推翻了政府协商会议的决议案,反动派不愿意"天下为公",不愿意全国人民大家来担负建国的责任,而是要"天下为私",要一个人做独裁者,把持全国政权。因此,从去年 6 月起,更大规模地爆发了内战,到现在来说,是整整打了一年半了。

一年半以来,蒋介石越打越弱,东北只剩下一条片断铁路线的走廊,山东只剩下烟台和济南两座孤城,山西只保有太原孤岛,平津岌岌可危,豫东豫西一直到陕南,长江沿岸从汉口一直到上海,都在"风声鹤唳"之中。

一年半以来，美国帮助了蒋介石不少军火、物资和美金，为什么蒋介石不能打胜仗，反而打败仗呢？这就是因为他失了军心、失了民心之故。

他为什么失了军心呢？因为他强迫官兵打内战，待遇不公，赏罚不明，抓来的士兵天天想偷跑回家去。下级官长吃不饱、穿不暖，不愿意中国人自己杀中国人。

前几天一位空军中尉毛玉麟，是蒋介石的学生，因为反对内战，拿枪打蒋介石。蒋的宣传机关说这是"打鸟误射"。你们各位谁相信，打鸟会打到蒋介石的汽车里去么？高级将领打日本人最有成绩的如高树勋中将、赵寿山中将、张冲中将、潘朔端少将、孔从周少将、张公干少将等都带着整团整师，整个集团军，掉转枪头打蒋介石。

美国装备的军队一样地打败仗。整编第六十九师师长戴之奇，整编第七十四师师长张灵甫，都被在战场上打死了，军队完全被消灭了，美国装备都送给共产党了。今年春天，指挥机械化部队的山东总司令李仙洲中将，广西唯一机械化部队，四十六军一八一师国防部长白崇禧的外甥、中将师长梅况强都率军全部投降了。就拿最近两个月的事情来说，美国装备的第三军军长廖昂在陕北清涧被俘虏了。三十二师师长刘任在石家庄被俘虏了。为什么最新式的美国装备还不能打胜仗呢？因为枪炮本身不能打胜仗，要拿着枪炮的士兵才能打胜仗。蒋介石的士兵都不愿意打内战，所以无论美国帮了多少军火，就等于帮了共产党的军火。

蒋介石不但失军心，而更重要的是失了民心。他征粮，征工，农民没有方法生活，不起来和他拼命吗？工业企业家任何生意不能做,生意大半被蒋介石和他的亲戚包办了,工商企业家能够不起来反对独裁要求民主吗?美国教会办的金陵大学统计现在物价比战前高涨了七万六千倍,而工人工资高涨了不到一万倍,工人能够不起来向蒋介石要饭吃吗?如果美国工人的工资被减少了百分之八十以上,会成为一种什么样的景象呢?大学教授和公务人员收入少的每月美金五元,收入多的每月美金二十元,如果诸位美国朋友每月收入二十五或者五元,你们怎么样生活呢?那么,大学教授和公务人员反对蒋介石的独裁政府,不是一点儿都不奇怪吗?南京的公务人员相信蒋介石不会再维持多久,而在窃窃私议着"共产党来了怎么办?"不是也一点儿都不奇怪吗?

中国有句俗语,叫作"准备后事",就是在人死以前,预备人死以后的事。现在蒋介石的文武官员很多起来反对内战和独裁,另外很多又在准备后事。他们怎么准备法呢?就是贪污。他们想,今天多抓一个钱,蒋介石塌台后就可以多过一天好日子。所以贪污的事情,一年比一年厉害,一天比一天厉害。前天《纽约时报》南京的专电证明了这一点。贪污之风去年比前年厉害,今年又比去年厉害,今年上半年,武官不算,只文官,因犯贪污案法院起诉的,就是五千件,法院没有和不敢起诉的就更多了。

而武官和文官比较起来,武官的贪污就更加厉害。如果现在美国用钱援助蒋介石,这正中了这些贪官污吏的心怀,他们就可以借此大贪污一回。贪污的结果,政治更腐败,官吏更豪奢了,人民更痛苦了,共产党的发展就更快了，蒋介石的崩溃也就更加迅速了。所以，如果美国借钱帮助蒋介石，就等于加快这个循环，就等于替中国共产党制造胜利的条件。我曾经说过蒋介石是制造共产党工厂的厂长，也就是这个意思。

蒋介石政权的崩溃是毫无可疑的事了。美国不援助他，他固然要塌台；美国援助他，也挽救不了他灭亡的命运。11月30日芝加哥《每日新闻》说蒋政府只有几个月的寿命，援助他等于对垂死之人注射血浆，其作用不足以使死者复活。所以替美国打算的话，援蒋是一条错路，是破坏中美友谊的路，是最不聪明的办法。

1924年至1928年，中国国民党领导的北伐革命终于把北洋军阀消灭了，日本帮助北洋军阀，以为可以把他支持起来，结果，希望完全破灭，中国人民终于取得到最后的胜利。今天的情形也相仿，无论谁要援助蒋介石，结果都必定是一场空。美国没有援助中国人民1924年至1928年的革命，这次千万不要错过这个机会了。美国革命的时候，法国积极帮助，美法友谊于是建立了长远的根基。中美友谊已经被援蒋政策破坏了不少了，要补救就要赶紧改弦更张。

美国怎样援助中国人民的力量呢？第一，就是援助中国国民党的进步派，像孙夫人、李济深将军、廖夫人等所领导的一班国民党同志们。第二，就是援助中国的民生同盟，像张澜先生、沈钧儒老先生、罗隆基博士和陈嘉庚大企业家。第三，就是援助无党派的自由主义者，像郭沫若先生、马寅初先生、马叙伦先生等，使他们能出来领导，组成真正民主的立宪政府，联合各党派各民主力量，真正实行三民主义，则中国国内的和平便立刻可以实现，民主建设马上可以开始，中国一切问题都可以迎刃而解，中美友谊也将奠下历久不渝的根基。

美国有知识的朋友，都懂得援蒋是一条死路，援助中国人民是一条生路。不但在座的诸位朋友这样认识，就是马歇尔将军、魏德迈将军和最近返美的下议员路易士对蒋介石的缺点都知道得很清楚；其他如华莱士、伊克斯等政治家，许多国会议员，东部哥伦比亚大学和其他大学的教授与同学们，西部三十个大学的教授和同学们，银行家的《美国新闻周报》，自由主义的《新共和周报》、《民族周报》、《华府邮报》、《纽约论坛报》、《下午报》、《纽约邮报》、波士顿《基督教篇言报》等的编辑们，对中国问题都有正确的看法。我相信，只要我们把中国起初情形广为介绍，则美国舆论必然能引导美国实行一个聪明的对华政策。让我们携手为这件事努力吧！

纪念中华民国成立三十七周年演讲

1948 年 10 月

主席、各位女士、各位先生：

今天我们能来纪念中华民国三十七岁的生日，是因为孙中山先生提倡革命，武昌起义，推翻满清，我们才成为民国。什么叫民国，就是真正民主的国家，今天我们是不是真正的民主国家了呢？我想大家都知道得很清楚。

在说别的话之前，我先回答两个问题。有人说："冯玉祥是政府派出来的，为什么批评南京政府贪污无能，压迫人民打内战？"你们想想，如果我说南京政府非常清廉，没有杀学生，没有捕学生，没有征兵征粮，没有抢米的风潮，……你们看可会有人相信？人家会指着冯玉祥骂，说我不讲良心话。

又有人说："你和蒋先生是好朋友，做国府委员和常务委员就是二十年。有话为什么不当面说？俗话说家丑不可外扬。"大家不知道，我不是不说，我是"知无不言，言无不尽",不但说了,而且每次说了以后,还加上一封信。我出版一本《蒋冯书简》,看了就知道我一切的话,都说完了。说了人家不听,如今我不能不向全国同胞说话,向世界人民说话。我们看训政训了二十年,实不是国民党训政,而是一个人和少数几个人的训政。

今天在纽约能和这么多中国的青年主人翁们见面,是冯玉祥到美国后第一次最快乐的事。这原因还不仅因为我们今天能在一起,共同来庆祝我们中华民国三十七岁的生日,更因为诸位是主张中国民主的进步青年。在中文和英文报上,我都看见了,今天这个盛会的发起人,中国留美基督教学生会今年在美东、美西和美中都召集了夏令会,各处参加的同学有百来位,都曾以绝对大多数通过了许多很好的决议案。其中最主要的,就是主张实现中国民主,成立真正的民主联合政府。这样勇敢地提出主张来,真是合于耶稣基督勇敢牺牲的精神。中国史书上说:"禹闻善言则拜。"冯玉祥不敢比大禹,可是愿意学习大禹的精神,今天冯玉祥听见民主则拜。

孙中山先生曾经说过:"本大总统受国会的付托,总揽全国政权,虽然说是全国行政的首长,实在是全国人民的公仆。本大总统这次是来做你们的奴隶的,就是其余文武百官也都是你们的奴隶。从前帝国时代,四万万人都是奴隶;现在民国时代,大家都是主人翁,这就是民国和帝国不同的地方。这就是中国从古未有的大变动。"(1921年12月7日在桂林演讲词)可惜孙先生二十年以前说的"大变动",到今天还是未能实现。少数丧心病狂的特权者,忘记他们是公仆，应为人民服务，他们要四万万同胞做奴隶。可是全中国人民却都要起来做主人翁，要人民自己来"管理众人之事"，这是一个生死的斗争，是中国一切问题的关键。诸位青年主人翁知道自己做主人翁的责任，响亮地高呼民主，这真是很值得钦佩的。

抗战胜利之后，中国曾经有实现和平民主的好机会，国际地位是世界上四大列强之一。可是中国的统治者，抛弃这个从古未有的机会，一意孤行。结果，中华民国过去三十六年，从来也没有像今天这样危险过，老百姓的生活从来也没有像今天这样痛苦过。现在国际地位一落千丈，一个堂堂正正的战胜国，反而不如一个战败的日本。一切和平和赔款到现在还没有弄清楚，反而被逼迫地和日本通商，又做日本经济侵略的牺牲品。通货膨胀绝对空前，物价比战前高涨了四万多倍，财政八个月就亏空三十万亿元，在全世界数第一位。贪污不法的事情，最著名的像中央信托局、扬子公司、孚中公司、行政院善后救济总署，外国报纸早把舞弊的情形，登载得清清楚楚，到今天没有听见严厉惩办。今年夏初，南京学生肚子饿了，抬着纸制的大饭碗游行，被军警狂暴地打一顿。武汉大学的同学们睡梦中糊里糊涂便被打死了三个。各大都市的学生，很多都遭到特务的摧残。教授们吃不饱没有人管，说两句公道话便被解聘。公务员枵腹从公，好的公务员，像北平的余心清少将导，是好的基督教徒，是好的美国留学生，在重庆是最廉洁的赈济委员会常务委员，只因为说真话，主张和平，便被特务逮捕了。工矿企业家想做一点正当企业，不是关门，就是奄奄一息。工人工资永远追不上物价。最苦的当然还是农民，壮丁拉去当炮灰了，粮食拿去当军粮了，苛捐杂税一齐加在农民身上，人为的水旱虫灾，吞噬了两千二百万的农民。

一句话说，全中国人民，除了少数特权者没有一个人能过好生活，除了英勇地起来革命，便没有出路。这些人都要打破这痛苦的现状，都主张成立真正的民主联合政府。民主联合政府的基础和它必然实现的原因也就在这里。

大规模剿共已剿了一年零三个月，今天成绩如何，大家天天读报，知道得很清楚。东北国军形势危殆，共军到长江北岸，连南京城门也关闭了。冯玉祥十二岁当兵，1946年退役，做了五十五年的丘八，看不出捆绑来的壮丁能打胜仗，看不出违背人民利益的军队，会能得到最后的胜利。

张作霖、吴佩孚、孙传芳没有倒台以前，以为依靠帝国主义的援助，总可以长期挣扎，然而孙中山先生1924年改组国民党以后，团结全国各革命的力量，不到四年工夫，便扫荡了军阀，完成了北伐。现在中国人民的力量，从国民党民主派到共产党，经过了八年（全面）抗战的锻炼，经过了胜利后民主奋斗的两年努力，已经一天一天地壮大起来了。中国今天的形势，又好像在1927年北伐大革命成功的前夜，只要把各党派各阶层一切民主的力量都联合起来，向贪污无能和反动的旧势力进攻，精诚团结，坚强组织，我们便是不能摧毁的革命力量，我们便可以促进民主胜利的更早到来。

今天在海外的同学们虽然非常困难，非常艰苦，虽然你们得不到随便卖给扬子、孚中公司的外汇，虽然你们之中的很多位，只买了半年用费的美金，半年之后的生活费和回国船资都无着落，但是另一方面，你们要认清，民主中国的前途是光辉灿烂的，民主的胜利已经为期不远。你们要效法孙中山先生在美国睡洗衣馆熨衣板的精神，要有孙中山先生伦敦蒙难不畏惧的精神，大家携起手来，团结起来为真正的联合政府而奋斗，让中华民国名副其实，让全中国都成为你们贡献研究心得的自由园地。这样，才不辜负我们今天来纪念双十节一场。

我们今天纪念先烈，要对得起流芳万古的秋瑾女士、黄花岗烈士、滦州起义的烈士和所有的烈士们，必须自己勉励自己，有"舜人也我亦人也"的精神，去努力，去奋斗。最后一句话，你们的决议案好极了，可是我还有一个建议请求你们尽量宣传，每一个人抱定一个志愿，写一千封信到国内去，把国内的同胞都唤醒过来，做到孙中山先生所说的"唤起民众"，那我们民主胜利的成功就更快了。

附录

敬告全国同胞及革命同志书

1927 年 8 月 6 日

全国同胞暨革命同志公鉴：窃玉祥此次转战七千里，率领革命健儿，只知誓死救国。对于本党，实为后进，本不敢有所主张。及出潼关，始悉党务纠纷，已成分崩之局。双方同志，皆平日极所服膺，尊为救国师友者，今皆卷入旋涡，自成水火。而环顾长江各省，则遍地纷纭，几已酿成大恐怖之时局。夫大敌未除，军阀犹作困兽之斗，人心惶惑，更有不知所届之危。玉祥终夜彷徨，唯恐革命之功，亏于一篑。爰在郑州军次，求教于武汉方面之革命同志。凡所建议希望暂息党争，一致北伐。更趋徐州，会见南京方面之革命同志，并与蒋总司令联名通电，一致北伐。所以成全双方意志，去除误会，联合同志，一致讨贼之苦心，或当为双方同志谅解。所有本党内部之争，概俟军阀扫除后，开全国代表大会，根据党章，合法解决。现在各同志均勿凭臆说,武断是非。对于共产党同志,更愿极口苦劝;如其所取革命方法,不能与国民党三民主义之革命完全一致者,请暂时退出国民革命之联合战线,停止农工运动之阶级斗争,免使天下汹汹,误会诸同志在后方分裂国民革命之实力。否则,两败俱伤,反使军阀得以苟延残喘,再谋死灰复燃。帝国主义者从旁威慑,不平等条约永无取消之期。苏联同志来中国,本为赞助我国民革命,若被人误会为另有阴谋,不如及早将处事不善者退去,否则以前美意,转成丛怨之渊,民族感情暌离一旦,良可惜也。现在农工运动之阶级斗争,到处已自崩溃,放火不收,燎原自焚,不速早退,杀身可虞。故现在为保全民族感情起见,不背总理联俄政策起见,苏联同志之处事不善者,应急速自行退去,远避嫌疑,此所愿为苏联同志告者也。中国为产业落后之国家,全民族皆在帝国主义经济侵略之下。此外全国并无阶级可分,斗争何有。否则,必演成民与民间之仇杀,使社会大乱而后已!故在中国只有国民革命,断无阶级斗争!国民革命成功,欲求解放工农,实行平等,尽可制定文书法令,制止资本家之产生、农工阶级之被掠。何为计不出此,必欲于无阶级的社会,妄造阶级,自取溃崩?用此不经济之革命手段,诚无谓也!中国革命不成,世界革命决然无望。中国革命若成,世界帝国主义者或见大势已去,而有憣然自悟之一日,亦未可知。若必欲一蹴而成,殉中国全民族为牺牲,稍有仁心,不应出此。是所欲为中国共产党同志告者也。总理逝世以革命未竟之功,托付后死同志,在天之灵,无时不鉴临我辈。况前敌将士,死伤者五六万人。今日全国同胞方在水深火热之中，万恶军阀已成强弩之末，我革命同志断无可以自相残杀，置大敌于不顾之理。玉祥对于革命领袖，一律主加爱护。数十年生死与共，道义相知，忽一旦变成寇仇，于心何忍。且人民受如此重大牺牲，数十万革命军队之生命，亦决不能供少数人意气之争，新学说试验之用。玉祥所从之军队，及一般革命同志加入之初，只知内以扫除国贼，外以取消不平等条约，求得中国民族之自由平等，为唯一职志，初不料本党内部之争，尚有如此者。玉祥敢谓今日全国同志之中，抱如是观念者，实非少数。迄今日而欲其为左袒右袒之分，使全国同胞受赤色白色之恐，兵连祸结，报复循环，使除暴顿成复仇，革命演为混战，此玉祥之愚所认以为大不可者也。玉祥对于双方同志，皆不能信其有蓄心害党国，及反革命之行动。徒以事实纷纭纠结，莫从解说，以致卷入旋涡，无从自拔。然时势至此，唯有用快刀斩乱麻之方法，以前纠葛，一概割除，今后新猷，重为建立。爰本素志，表白本人之主张态度，而致其忠诚苦口之劝。幸全国同胞及革命同志谅察焉。

行政精神

1927 年 11 月

序　　言

尝观吾国旧有官箴之书,以清代陈宏谋所编《从政遗规》《学仕遗规》二种较为切实易行。顾其内容,多与现代思想相凿枘。玉祥不敏,爱师其意,辑吾国名言至论若干则,分"革命精神""道德精神""爱国精神"与"纪律精神"四类,题曰《行政精神》编印成册,赠送各行政人员。倘能朝夕诵读,身体力行,其于服务社会,效忠国家,庶几无大过欤!

一、革命精神

(一)革命时代的行政人员应当明白,民众是主人,我们是公仆。社会有一处不安,民众有一人受苦,都是我们责任没有尽到。要救国救民并要救自己,非有革命的真精神不可。

(二)国民革命是中国自救救人的唯一道路。中国国民党是国民革命的唯一领导者。须受党的指导,实行革命工作,方是真正革命。

(三)救国救民的方法就是革命。革命的目的是实现三民主义,为民众谋利益、求解放,为国家争自由、平等。

(四)行政人员要人人了解三民主义,信仰三民主义。在中国国民党领导之下,为主义奋斗,为主义牺牲,才是大智、大仁、大勇的真正革命家。

(五)要完成救国救民的事业,是不怕死,不畏难,不爱财,不懒惰,不骄谄,不沾染嗜好恶习,不贪图富贵虚荣。要真忠实,真廉洁,真勇敢,真耐劳。

(六)革命化的行政人员要有兴利除弊的决心,不可稍存敷衍和顾忌之意。我们做任何事都应当本着大无畏精神,只要利于党国,利于民众,生命都可以牺牲,其余更不成问题。故古人云:"至公无私,任劳任怨"。

(七)我国旧日官僚习气,实为亡国败家、戕贼人群的主因。行政人员应从此处下功夫,对于一切官派官腔、亡国大夫的习气,必须深恶痛绝,铲除净尽。

(八)行政人员系役于人,非以役人,万不可稍存养尊处优观念。

(九)民众是主人,官吏是公仆,岂有仆人不与主人时常见面的道理。所以官吏总要与民众接近。赶紧把"大人""老爷"的名称、排场、气焰和威严统统收起,变成一个赤裸裸的平民。否则饱饱之声色，早已拒人于千里之外，还能算是平民化的行政人员吗？

时刻当念民众疾苦，一丝一粟当知物力艰难。我们不耕而食，不织而衣，尽是民脂民膏，尸位素餐，能不有愧于心吗？

二、道德精神

（一）克己复礼，天下归仁。古今中外能建大事业的人，全恃有高尚的道德。先总理说：元朝强盛为历史上所未有，而不能持久的原因，就在于道德关系，我们如想建立事业，必须注意道德。下功夫先要从克己上做起。

（二）"忠恕"二字，终身行之，不唯可以寡过，可以为善，还可以成大事业。行政人员皆要了解此二字，实践此二字。

（三）汤之《盘铭》曰："苟日新，日日新，又日新。"凡人日新其德，自能革故鼎新，猛进不已。更须知努力革命，实为现在无上之新道德。

（四）先贤有言：吾日三省吾身。又曰：检身若不及。修省检束是我辈立身处世的唯一道路。

（五）人非圣贤，孰能无过。闻过则喜，知过必改，斯为大勇。文过饰非是自杀之道。

（六）仕优则学，学优则仕。事业无止境，学问亦无止境。勤学好问，日进无疆。故步自封，终于落后。

（七）天下无不能学之事，亦无不可化之人。启迪诱导，自能振聩启聋。所谓以先知觉后知，以先觉觉后觉，若中也弃不中，材也弃不材，则贤不肖之相去，其间不能以寸。

（八）处事接物，须持一"诚"字。禹敷文德而有苗格，郭公免胄而回纥服，全是至诚所感。推诚相与事无不济。诚之为德，颠扑不破，久而弥笃。奸巧伪诈，不攻自败。

（九）《尉缭子》言：国必有慈孝廉耻之俗，则可以死易生。慈孝廉耻，实为吾国固有之美德。发扬光大，责在我辈。

（十）勤俭为人生之美德。昔贤有言：业广唯勤。又曰：业精于勤而荒于嬉。又曰：国奢则示之以俭。诸葛事必躬亲，陶侃朝夕运甓，勤也。大禹菲饮食、恶衣服，子路衣敝缊袍，晏子一狐裘三十年，俭也。况勤能补拙，俭可养廉，于政治之良窳有密切之关系。

（十一）"廉洁"二字亦系美德。人格之优劣即于此判焉。行政人员尤当特别注意，稍有不慎即流于贪官污吏一途。语云：士君子砥砺廉隅。孟子曰："可以取，可以无取，取伤廉。"可见古代考究"廉"字极郑重。汉文不受千里马，晋武焚雉头裘，杨震暮夜却金，刘宠仅受一钱，皆能廉谨自持，以身作则。大法小廉，自足矫正贪污之恶习。

三、爱国精神

（一）我们做一件事，总要始终不渝，做到成功，即牺牲性命亦所不惜，这便是忠。所以古人讲"忠"字，推到极点，便是一死。古时所讲的忠，是忠于皇帝。现在没有皇帝，便不讲"忠"字，以为什么事都可以乱来，那便是大错。现在人人都说，到了民国，什么道德都破坏了，根本原因就在于此。现今我们在民国，按道理说，还是要尽忠。忠于国，忠于民，要为四万万人去效忠。为四万万人效忠，比较为一人效忠自然高尚得多。故"忠"字的好道德还是要保存。

（二）行政人员，应当誓死救国，与在前敌冲锋拼命的军人同负一样的责任。

（三）有国而后有家，国之不存，家于何有，官更何有？故我们行政人员，宜遵守总理之言，平日立志，应该想做大事，不可想做大官。

（四）爱国的人须有勇气，须有毅力，实心做事，百折不挠，反之则空谈爱国，何补时艰。

（五）顾亭林言："天下兴亡，匹夫有责。"当时所谓天下，就是现在的国家，现在的民族。今人爱国的心理，救国的责任，岂独后于古人。

（六）爱国之道不难，只须把爱身体、爱妻孥、爱钱财、爱做官的心理，去爱国家，国家就可以强盛。转瞬间，汝亦可为爱国伟人矣。

（七）越是国势阽危之时，越应奋发精神，努力救国。所谓疾风知劲草，松柏耐岁寒是也。

（八）孝经上说："进思尽忠，退思补过"，又古语云："鞠躬尽瘁，死而后已"，是以身许国的意思。换句话说，就是把生命、身体、精神、劳力整个贡献给国家。

（九）捷克斯拉夫是一个新成立的小国，人口只有一百多万。她能人人爱国，人人奋发，国势渐渐强盛。中国人口比她多几百倍，不能爱国图强，宁不愧死。

（十）文酣武嬉，为中国积弱之因。我们应该外觇大势，内审国情，变从前放纵安逸之心理而为努力奋斗之精神，视国家民族之休戚，如自己切身之利害，拿出良心，励志爱国。

四、纪律精神

（一）行政人员要生活于铁的纪律组织之下。命令一到，立即遵办。法令所定，必须遵行。否则，即应加等治罪，以为不守纪律者戒。

（二）军队无纪律，战事不能胜利；学校无纪律，学业不能进步；行政人员无纪律，政治不能改良。

（三）一切强制工夫，都是从纪律训练中得来。

（四）所谓纪律，非仅表面遵守而已，要时时刻刻将应守的纪律牢牢记着，如先贤之检束身心，不使稍布疏忽放纵。

（五）要养成守纪律的习惯，方可谓纪律化的行政人员。

（六）不守纪律的人，亦必缺乏公德心、责任心和自治心，此即堕落的先声。

（七）纪律是人的轨道。越轨以趋，没有不颠覆失败的。

（八）纪律不严，一切荡检腧闲、败名失德的行为就要逐渐发生。机栝甚微，关系甚大。

（九）遵守纪律，贵在永久，不在一时。必须有坚定忍耐的性质，不可久而生息。

（十）吾国有权势的人，不守纪律；有才气的人，不受制裁；自谓放荡不羁而视纪律为桎梏。此二种人实足为国家之害，社会之蠹。望我同志，有则改之，无则加勉。

附　　录

行政人员应恪守之十大纪律：

（一）恪遵国民党纪。（二）服从政府命令。（三）革除官僚习气。（四）实行接近民众。（五）不准营私舞弊。（六）不准积压案件。（七）不准任用衙蠹。（八）不准嫖赌吸烟。（九）不准阳奉阴违。（十）不准擅离职守。

答日本记者问

1928 年 6 月 18 日

问：此次北伐，各总司令实具有特殊精神。

答：吾人是团结一致，努力国民革命。

问：外人传言，冯阎意见不合，有诸？

答：此乃日本报纸造谣耳。

问：对京津有何意见？

答：京津完全由阎总司令负责，余听命中央，诚心推阎办理。

问：日人视中国已赤化，尤以国民军为甚？

答：此乃帝制余孽、卖国军阀、官僚政客无法（耻）造谣，故诬言我军是共产党耳。

问：贵军聘有苏联顾问否？

答：昔有之，今已无矣；且如有苏联朋友即变为赤化，假令有日本朋友为顾问，不亦将变为帝国主义耶？

问：对共产党如何办法？

答：一切听中央办理。

问：对修改条约有何意见？

答：吾人革命，是为取消不平等条约，当然要积极进行，唯其手续办法，则一切由中央办理。何国先取消者，即将视何国为中国之友邦也。

问：对日本有何意见？

答：余对日本，极希望其早日取消不平等条约，使中日邦交日进亲善。盖以中国原料之富，日本人才之多，彼此互助，将来实难限量；若同种同文之国家，竟亦互相欺压，互相仇视，则一切利益，唯有坐听欧美抢去而已。

问：此种伟大主张，甚为钦佩。唯日本对华问题，全集中于满洲，不知对于满洲有何主张？

答：此外交问题也，完全听之中央政府。

问：对济南事件，有何意见？

答：济南惨案，诚中日两国一极不幸之事。吾人姑站在旁观地位言之，欧美各国多有侨民在济，并未出兵，亦未受丝毫损失；而日本竟单独出兵干涉，是日本未怀好意也。济南事或张宗昌所为，或某国自为，今调查未清，实未敢加以悬揣。唯所敢断言者，凡用武力服人者，不过互有损失耳；而在压迫者，更是吃亏，受其害更甚。欧战中之德奥，其殷鉴也。既就日本所曾亲近迷信之武人言之，彼等势力非不大也。然曾几何时，终归失败，此亦强权不能战胜公理之明证也。

问：何时可开国民会议？

答：遵先总理遗嘱，于最短期间促其实现。

问：京都问题如何？

答：无定见，悉听中央主持。

问：闻政府于7月25日在京开中央第五次会议时，将对军事有二提议：一、军区划分；二、裁兵计划。不知对之有何主张？

答：蒋已有意见书，余则主张速办，不宜迟延。

问：国民军军纪之善，不但为中国之模范军，亦世界之模范军也。唯信任基督教太深，似可放松。

答：信教有吃教、恃教、用教三派，余等信教乃利用其博爱牺牲之精神。余等对此等精神之利用，不但不放松，且将愈益加紧也。

问：对日本国民之希望如何？

答：日本人民进步，一日千里，极所钦佩。唯吾所希望于日本国民者，不要心怀仇视，日图侵略，亟应彼此亲善，共存共荣耳。

问：现在革命大致成功，各项税收是否缩减？

答：关税加征以后，地方税当然减轻。

问：革命成功后，将来政府如何组织？

答：用委员制。

对西安事变谈话

1936 年 12 月 14 日

中央社记者 14 日因西安事变特访谒军事委员会冯副委员长，蒙其发表谈话如左：

中国目前最重要之问题，厥唯求民族之自由与复兴。欲达此目的，端赖全国上下精诚团结，集中国家所有的一切物力、财力、人力和智力，作捍卫国土，收复主权之用。年来政府与人民在蒋委员长领导之下一致奋斗，军事外交已有迅速之进步。最近绥远国军之不断胜利，一方是全国军民之报国的神圣表现，他方是统一指挥共同努力之功效。当此外来祸患犹复未已，收复失土初有成绩之今日，尤需正确之策略与统一之指导。因此，保护最高军政领袖之安全实为全国军民最大之责任。此次张学良之举动，无论有何政见，如此行为，其违法犯纪，昭然若揭。张学良尝以报父仇雪国耻对人声言，然即此而论，亦必须在集中与统一的领导之下，始克奏效。不然，国将不国，而父仇国耻亦永无昭雪之一日。故目前政府明令免职，实为促起张学良之醒悟，使其即奉蒋公回京，而在蒋公统一领导之下，赎过自新，为其报父仇雪国耻而牺牲；否则，此种忘恩负义之动作，不久必致身败名裂矣。在国家突遭此不幸变故之时，全国人民与各级官长自然万分气愤，万分焦急，既虑外来祸患之加重，复痛燃箕煮豆之危迫，而尤虑最高领袖之安危。因此尤须沉着奋斗，恪尽职守，为保护领袖与捍卫国家而努力。

对卢沟桥事变谈话[①]

1937 年 7 月 10 日

问：副委员长对于日军此次行为之观察如何？

答：卢沟桥事件之发生绝非偶然。日本有些军人好大喜功，亦为此次挑战之一因。彼等鉴于东四省之不战而胜，热衷于升官如拾芥，故又欲以"九一八"之故技复演于华北。而忘记古训"顿兵坚城之下，将不胜其忿而蚁附之，杀士卒三分之一而城不拔者，此攻之灾也"。予相信日本人民中不乏明智之士；日本政府中亦不乏明达之人。如果迅速彻底放弃侵略政策，犹不失为亡羊补牢之措置。否则追随少数轻躁者之后，续调大军，扩大事态，则不仅破坏东亚及世界之和平，其自身亦必遭受不可挽救之后果。

问：卢沟桥抗战之经过，副委员长所知如何？

答：事变经过，据余所知，绝非二十九军挑衅，乃日方假借非法演习之名，完成其进攻准备后，以一士兵失踪

[①] 此谈话系答中央社记者问。

为借口，猛向卢沟桥及宛平进攻，企图一举占领，以控制北平。当时我守卢沟桥者，只兵一连，而敌兵则以三连及大炮、机关枪集中于卢沟桥轰击，致我死守该桥之官兵全做悲壮牺牲，其未死亡者，不过四人而已。我守宛平城者，为吉星文团长之一部，即沉着抗战，将卢沟桥克复；继又组织袭击队，利用夜袭，杀伤敌兵甚多。总计我伤亡者达二三百人，但侵略者之损失当过于此。予在知战事消息后，即复二十九军将士一齐（八日）电，内云："诸君革命军人，抗敌守土之责，断不容丝毫退让，以保千万年之光荣历史也。"予深信，二十九军及华北民众正准备为捍卫国家而做更勇敢之奋斗，更伟大之牺牲也。

问：副委员长对此事前途之观察如何？

答：此事前途，全视日本有无悔悟。我国固望和平，但断不能容忍侵略事态之存续与扩大。因为国家之独立自由，为全国上下不惜牺牲一切以求之者。且华北官吏与军民，忍辱负重，数年于兹，其忠勇爱国之教育与历史，救亡图存之一致信念，断不能轻自断送。关于我国军民应有之态度，已见蒋委员长之谈话，恕不重复。全国军民应团结一致，不畏不骄，忠诚勇敢，就各人之地位，贡献一切力量，在政府统一领导之下，为民族生存，为国家复兴来坚决奋斗也。

"九一八"第六周年纪念

1937 年 9 月 18 日

六年前的"九一八",是我国奇耻大辱的日子,我民族危亡灭种的关头。今年的"九一八"却是我国家报仇雪耻的时候,我民族复兴图强的关头。

为什么这样说呢?

从民国二十年的"九一八"起,倭寇依仗了它的武力和诡计,一方面强占我东三省、热河、察北和冀东,现在更悍然地全国动员,攻占我平津,并在上海及沿海一带,耀武扬威,随地轰杀,封锁海岸;另一方面,阻挠我国的复兴与统一,收买汉奸,制造各种伪组织。照着倭寇的意思,并吞东四省是已完成了吞并全中国的第一步,而现在则是并吞全中国的第二步了。倭寇不单对于未设防的城市、非武装的人民随意轰杀,更且到处作恶多端,惨无人道。如对于壮年男子,常常是成千成万地被排枪击死,小孩子被摔死刺死,对于妇女,无论是年轻的或年老的都任意奸污致死。至于强迫人民每日献牛、献猪、献鸡，供粮食、供物品，每家都要受检查，禁止出行、禁止偶语等等，皆是人所不能忍受的悲惨待遇！

7月8日卢沟桥的抗战，就是对于"九一八"的侮辱不能忍受的爆发。这种全中国人心中不能忍受的义愤，已形成全国整个的决死抗战……我们的军备虽然不如倭寇，可是忠勇奋发，百折不回的意志，和惊天地泣鬼神的行为，已经足以弥补我们的物质条件，而使倭寇受了很大的打击与损失。例如吉星文团长以一两营人，与大队的倭寇激战了三个星期，杀死日兵一千几百人，吉团长两次受了伤，当看护者要抬他去医治的时候，而吉以激昂的语气反对说："卢沟桥就是我们的坟墓，我只能死在这里，不能活着抬着走。"南口战争中的我军罗团，在倭寇飞机、大炮、坦克车及毒瓦斯猛攻之下，阵地虽完全毁坏，而我军仍死守不退，结果全团官兵完全牺牲，倭寇死伤的竟有五六千人之多。在上海的我军，也都是一样的忠勇，如守宝山城的姚营，打完了最后一粒子弹，才与城共亡。又如守汕头的李汉魂师长，对于倭寇任何威胁，绝不撤退，宣言倭寇如要来，必以死力相与战。我国空军的勇敢，也已经博得国际的同声赞美。如阎海文烈士，因为飞机受伤而落于敌阵地，即拔出自己的手枪，打死了十几个倭寇，再将最后一粒子弹打死了自己。总之，我国陆军空军这种伟大的牺牲精神，都是不能忍受"九一八"之侮辱的悲壮表现，也就是我们一定能打败倭寇的绝对保证。这种全团全营的牺牲，和一个战士的孤身杀敌，即在倭寇的报纸上，亦不能不以大字标题同声赞佩，而要求对于中国的力量重新加以估计。倭寇一向把中国人都看成没有国家观念的自私自利、懦怯怕死的亡国奴坯子，所以总以为只要它的武力达到那里，中国人就都甘心愿意做汉奸了。但是，抗战的事实已经打破了倭寇的幻想。我们的民族精神已经恢复，国家观念已经觉悟，"不成功，便成仁"，并且以"成仁"为"成功"之基础的精神，把全国人民从抗战的心理上和行动上坚固地组织起来了。

抗日民族革命战争的基本力量，是基于伟大的民族意识的人力。机械固是利器，但机械要靠人来制造，也要靠人来使用。我们在民族意识觉醒之下的四万万五千万人，无论在质上在量上，对于倭寇都占了绝对优势，如果我们人人都抱了"打死一个倭寇够了本，打死两个倭寇赚一个"的决心，军队在战线上，人民在后方或在敌人强占的地区内，有进无退，或帮助国军，或应征入伍，或参加民团，或组织游击队，学阎海文，学吉星文，学李汉魂，学罗方圭和姚营长的榜样，忠勇奋发地和倭寇拼命。集团的和倭寇攻战，游击战争的扰乱，以及个人的拼命，俗话说"一人拼命，万夫难当"，这是倭寇所绝对不能战胜的。其次，在倭寇占领或将占领的区域内，把我们的粮食、猪、牛、鸡、鸭等食品，铁钢、木材、草料等用品，统统搬到内地去，或者把它全毁坏，坚壁清野，使倭寇所用的一针一线也须从他们国内输送来。再次，对于倭寇的运输机关，如铁道、公路，不断地去破坏它；对于倭寇囤积的粮食、军械等，不断地去劫取和烧毁它；对于倭寇的行动，瞩着机会就袭击它；这些随时随地的直接间接的战斗，与我们国军的正面攻战会合起来，必使倭寇八面受敌，惶恐慌乱溃败的。最后，我们各地的人民，除极力帮助国军做工事外，还应该就每个村庄和自然地形，各处都建筑堡垒，挖三丈深二丈宽的壕沟，同时，每家每村都挖起躲飞机的地洞。要知道全民族的抗日战争，当然最主要的是集中一切力量在政府的指挥之下，但是还需要全国人民在政府抗战方针之下，自动地多方努力起来。如果大家都能这样做，本来要用一年打胜倭寇的，也许只要半年就可获得最后胜利了。

全面的抗战已经支持二个多月了，初步的胜利也已获得了。我们更应该加紧地发动和集中起来，来与倭寇做更进一步的决战。"九一八"不仅应是失地的纪念，同时，亦应是收复失地的纪念。把倭寇从我国领土内完全击退出去，是"九一八"第六周年纪念所加于全国人民的特别任务！

纪念"九一八"要收复失地！

纪念"九一八"要加紧扩大抗日战争！

纪念"九一八"要发扬忠勇牺牲的精神！

图书在版编目（CIP）数据

冯玉祥：大事从小事做起 / 冯玉祥著. -- 北京：中国文史出版社，2025.5

（百年中国名人演讲）

ISBN 978-7-5205-4303-3

Ⅰ. ①冯… Ⅱ. ①冯… Ⅲ. ①演讲-中国-现代-选集 Ⅳ. ①I266

中国国家版本馆 CIP 数据核字（2023）第 180467 号

责任编辑：薛媛媛

出版发行	：中国文史出版社
社　　址	：北京市海淀区西八里庄路 69 号院　邮编：100142
电　　话	：010-81136606　81136602　81136603（发行部）
传　　真	：010-81136655
印　　装	：廊坊市海涛印刷有限公司
经　　销	：全国新华书店
开　　本	：880×1230　1/32
印　　张	：7　　　　字数：132 千字
版　　次	：2025 年 5 月第 1 版
印　　次	：2025 年 5 月第 1 次印刷
定　　价	：52.80 元

文史版图书，版权所有，侵权必究。

文史版图书，印装错误可与发行部联系退换。